"방금 전까지 나에게 몸을 맡기고 있었거늘,
이즈미가 있다 하여 무엇이 달라지느냐?
치사토, 지금 너를 안고 있는 것은 나다.
이즈미는 생각지 말거라."

러스트레이션 : Asahiko

이 異
연 戀

그믐날의 새싹

이연(異戀)~그믐날의 새싹~

초판 1쇄 찍은 날 | 2015년 9월 1일
초판 1쇄 펴낸 날 | 2015년 9월 10일

지은이 | chi-co
그린이 | 아사히코
옮긴이 | 인단비
펴낸이 | 예경원

편집책임 | 박우진
편집 | 오아현

펴낸곳 | 예원북스
등록번호 | 제396-2012-000132호
등록일자 | 2012. 7. 25
YRN | 제6-0035호

주소 | 경기도 고양시 일산동구 무궁화로 8-28 삼성메르헨하우스 1118호 (우) 410-837
전화 | 031-819-9431 팩스 | 031-817-9432
http://blog.naver.com/ainandfin
E-mail | ainandfin@naver.com

ISBN 979-11-5845-873-7 03830
ISBN 979-11-5630-756-3 (set)

그믐날의 새싹

이異연戀

Chi-Co 글
아사히코 그림
인단비 옮김

Elle
엘르 노블
Novel

차 례

그믐날의 새싹 9
작가 후기 261
역자 후기 265

코요 천황 「아키마사」

코미야 치사토

여름방학에 할머니 집에 놀러간 코미야 치사토는 커다란 창고에서 화려한 골동품이 가득 담긴 궤를 발견한다. 그 빼어난 아름다움에 매료된 치사토는 달콤하게 피어오르는 향기를 맡고 궤 속으로 떨어지고 만다.

정신을 차려보니 치사토의 눈앞에 펼쳐진 것은 난생처음 보는 광경으로, 역사 시간에 배운 헤이안 시대와 매우 닮은 세계였다. 놀란 치사토 앞에 나타난 천황은 상상조차 못할 만큼 난폭하고 심술궂은 남자인데─?!

─지금까지의 줄거리─

그믐날의 새싹

~ 그믐날의 새싹 ~

끝을 지나 그 뒤에는—

그믐날의 새싹

문득 깨어났을 때, 흐릿한 시야 속에 그 남자의 모습이
있었다.

늠름한 나신을 드러낸 채로 궤에 몸을 맡기고 그 안에 손
을 넣고 있는 그 모습에 왠지 당장 그가 사라져 버리는 것
은 아닌가 하는 두려움이 생겨났다.

머지않아 원래 세계로 돌려보내야 하는 남자.

억지로 자신의 몸을 빼앗고 심지어는 살아온 세상을 버
리고 따라오라는 남자.

절대로 어우러질 수 없는 상대일 텐데, 그래도 무시할 수
가 없다.

무엇보다도 머지않아 헤어져야 한다는 것이 왠지 믿을 수 없어서, 현실에서 도망치듯이 눈을 꼭 감을 수밖에 없었다.

'……아, 야……'

흐릿한 의식 속에서 몸을 움직이려던 코미야 치사토(占都千里)는 어깨와 허리에 통증을 느끼고 작게 신음했다.

무심결에 이불을 확인하려고 손으로 더듬었지만, 아무리 해도 손바닥에 느껴지는 것은 차갑고 딱딱한 감촉이다. 이불에서 자고 있었을 텐데 왜일까 하고 곰곰이 생각하던 치사토는 갑자기 확 눈을 떴다.

'나, 내가! 아키마사(彰正)랑!'

당황해서 벌떡 일어나려고 했다가 방금 전까지 몸에 느꼈던 고통 때문에 곧장 제자리에 웅크리고 말았다. 그러자,

"일어났느냐."

"!"

갑자기 들려온 목소리에 시선을 돌리자 궤 옆에 앉아 있던 코요(昴耀) 천황의 모습이 바로 눈에 비쳤다.

방금 전까지 입고 있던 유카타도 없이 벌거벗은 모습으로 있는 남자를 보고 무심코 눈을 휘둥그레 떴지만 곧 자신의 허리에 덮여 있는 것이 그것이라는 것을 알았다. 섹스 후 치사토의 몸을 걱정해 준 건지도 모르지만, 그렇다면 알몸으로 눈앞에 있는 것이야말로 그만두었으면 좋겠다.

남들이 시중드는 것에 익숙한 코요는 몸을 다른 사람들에게 보이는 데 수치를 느끼지 않고, 아마 남들이 보더라도 자신 있는 몸이겠지만, 치사토는 아무리 해도 이런…… 그야말로 정사 후 같은 나른한 분위기를 자아내는 것은 거북하다.

"……."

코요의 나신을 본 탓인지 흐릿했던 사고도 완전히 깨어났다.

치사토는 천천히 주위를 둘러보았다. 기억하기로는 아직 오전 중에 창고에 들어왔던 것 같은데, 작은 창문으로 들어오는 햇빛은 여전히 높다. 그리 시간은 지나지 않은 것 같다.

몸 곳곳에는 자신과 코요의 갖가지 체액이 섞여 아직 붙어 있었다. 저쪽 세계에서는 사후 뒤처리를 해준 적도 있었지만, 아마 이 세상에서는 그 채비도 마음먹은 대로 되지 않을 것이다.

그에 대해 불평하는 것은 얼토당토않다. 원래 아무리 코요가 밀고 나간다 해도 이 창고에서는 섹스를 하지 않으리라고 생각했는데 홀랑 넘어간 자신노 나쁘다.

그래도 이대로는 도저히 밖으로는 못 나간다며 깊은 한숨을 내쉰 치사토는 부드럽게 뺨을 어루만지는 손길에 고개를 들었다.

"……왜?"

"몸은 힘들지 않느냐?"

"……힘들어."

창피하지만 그를 받아들인 곳에 통증은 없었다. 벌써 수도 없이 이 남자에게 안긴 탓에, 생각하고 싶지는 않지만 그 몸에 익숙해져 버린 것이다.

마루방에서 일을 치른 탓에 눌린 어깨와 허리, 그리고 뒤에서 안겼을 때 짚었던 무릎과 팔꿈치에 통증이 있다. 달콤하고 나른한 저린 감각도 하반신에는 남아 있지만, 걸을 수 없을 정도는 아니었다.

단지 그것을 그대로 전하기는 왠지 분해서, 치사토는 작은 목소리로 호소했다. 그러자 큰 손이 마치 달래듯이 등을 쓰다듬었다.

"무리를 시켰구나."

"……맞아!"

"이대로 안고 갈까."

"바, 바보!"

그야말로 자신들 사이에 뭔가 있었다는 억측을 당할 것이다. 치사토는 가까스로 몸을 일으키고 몸을 닦을 만한 것이 없는지 주위를 뒤져보았다. 하지만 할머니가 정기적으로 정리하는 창고에는 불필요한 것은 없다.

"하지만 그대로는 싫지 않느냐?"

물론 싫다. 피부를 적시는 것도 물론이고, 몸속에도 코요가 쏟아낸 액체가 남아 있어서, 아무리 조심한다고 해도 걷다가 새어나올지도 모른다. 치사토는 눈살을 찌푸리고 입을 다물었다.

"……잠시 기다려라."

그러자 갑자기 그렇게 말하고 일어났다. 코요는 치사토의 하체에 덮어주었던 유카타를 집어 들고 입기 시작했다. 유카타에도 아무렇지 않다고는 말할 수 없는 얼룩이 있었지만, 본인은 전혀 신경 쓰는 기색이 아니다.

"자, 잠깐만, 어디 가는 거야?!"

이런 상태로 홀로 남겨지는 건가 하고 불안해하자, 옷매무새를 정돈한 코요가 몸을 굽혀 가볍게 입술을 맞추었다.

"!"

완전한 기습이라 한심하게도 얼굴을 피하지도 못하고 받아들인 치사토는, 순식간에 뺨이 화르륵 달아오르는 것을 느꼈다.

그런 치사토의 변화를 가만히 내려다본 코요는 마치 자기 뜻대로 되었다는 양 입꼬리를 올렸다. 놀림당하는 것 같아서 얼굴뿐만 아니라 온몸이 뜨거워졌다.

"몸을 닦을 천을 가지고 오마."

"어, 자, 잠깐만!"

코요라면 할머니에게 우직하게 사건의 경위를 설명하고

수건을 가져올 것 같다. 무엇을 하고 있었는지 들키는 것만
은 절대로 싫다.

"나는 이대로도 괜찮으니까!"

무엇을 했는지 들켜 버릴 바에야, 약간 찝찝하긴 하지만
더러워진 옷을 입고 곧장 욕실로 뛰어가면 된다. 그렇게 말
하고 일어서려고 했지만, 너무 힘차게 일어선 탓인지 현기
증이 난 몸이 비틀댔다.

'어……?'

위험하다고 생각한 찰나, 코요의 품에 단단히 안겨 있었
다.

"무리하지 말거라."

"하지만……."

"조모님에게는 알려지지 않도록 채비를 하마. 여기 얌전
히 있거라."

마치 아이를 타이르는 것 같은 말투라 대꾸하고 싶지만
무슨 말을 해야 할지 모르겠다.

그래도 치사토는 지금은 코요의 말에 따를 수밖에 없어
마지못해 고개를 끄덕였다.

코요는 그런 치사토의 머리를 쓰다듬고 그대로 사다리를
내려갔다. 이제 기다리는 수밖에 없지만 그래도 따분해서
비척비척 창문으로 다가갔다. 치사토의 키로는 창문에는
닿지 않기 때문에 가장자리에 바짝 붙여대었던 나무 상자

를 움직여 그 위로 올라가 밖을 보자 마침 안채 툇마루에 도착한 코요의 뒷모습이 보인다. 아래로 내린 머리카락과 유카타 차림도 많이 눈에 익었지만, 반듯한 뒷모습은 역시 일반인으로는 보이지 않는다.

자세가 바른 할머니의 모습이 겹쳐 보이는 그 모습을 보면 아무래도 싫은 마음은 솟지 않았다.

단지 장소를 가리지 않고 끈적끈적하게 달라붙거나, 야한 수작을 부리는 것은 그만두었으면 좋겠다. 그것만으로도 충분한 마이너스 포인트인데 하고 생각하면서 가만히 보고 있노라니, 코요에게 다가오는 그림자가 하나 보였다.

"저 녀석……!"

가까이 온 것은 어제부터 자기 마음대로 여기 눌러앉은 이즈미 아키미츠(和泉彰光)다. 이즈미는 곧장 코요에게 다가갔고 코요도 발걸음을 멈추고 뒤돌아보았다. 거리가 있는 탓에 두 사람이 무슨 말을 하는지 목소리는 전혀 들리지 않지만, 방금 전까지 자신과 섹스를 한 남자가 자신의 친구와 있는 상황이라 치사토는 진땀을 뺐다.

이즈미는 도내체 뭐라고 말을 건 걸까.

혹시나 코요는 지금까지 무엇을 하고 있었는지 이즈미에게 숨김없이 이야기하지는 않았을까.

이즈미의 눈앞에서 코요에게 창고로 끌려갔기 때문에 지금까지 둘이서 있었으리라고 상상하기는 쉬웠을 것이다.

도대체 그로부터 얼마나 시간이 지났을까. 왠지 묘하게 그게 신경 쓰였지만 시계도 없고 시간을 알 다른 수단도 없는 이곳에서는 어찌 할 방도가 없다.

'……아, 멀어졌다.'

시간으로 치면 그것은 5분도 지나지 않았을 것이다.

코요가 다시 이즈미에게서 등을 돌리는 것으로 대화가 끝났음을 알고, 치사토는 일단 안심하고 숨을 내쉬었다.

"……우왁! 알몸이었지!"

바깥의 두 사람에게서 의식이 멀어지자 이번에는 자신이 알몸인 채로 있었다는 것을 깨달았다. 주위에 아무도 없다고는 해도 자신의 얼빠진 모습에 당황해서 나무 상자에서 내려와 방구석에서 몸을 동그랗게 말고 앉았다.

벗겨진 옷을 입으면 되겠지만, 몸은 물론 옷에도 체액이 튄 것 같아서 도저히 그대로 입고 싶지는 않았다.

가능한 한 하반신이 시야에 들어오지 않도록 다리를 껴안고 그 팔에 턱을 괴고 치사토는 천천히 눈을 감았다.

'하…… 나란 놈은 하여간…… 정말 바보야.'

아무리 코요가 강하게 밀어붙여도, 자신의 몸이 쾌감에 약해도, 정작 중요할 때 단호히 거절하지 않고 언제까지나 코요에게만 책임을 떠넘기길 수는 없다. 하물며 코요는 치사토를 그쪽 세계로 데려갈 생각이라, 이대로 가다가는 약점을 잡혀 동행하게 될 우려도 있었다.

간신히 자신의 영역인 할머니의 집에 돌아온 것이다. 다시 저쪽 세계에 갈 생각은 하지도 않는다.

"분명히 거절해야지……."

상대방의 요망에 응할 수 없으면서 언제까지나 어중간한 태도를 취하는 것은 괜히 문제를 복잡하게 만들 뿐이다.

—다만, 지금 현재는 어떻게 하면 코요를 그쪽 세계로 돌려보낼 수 있는지, 그 방법이나 걸리는 시간은 미지수였다. 그 가능성이 있는 창고 안의 궤 속으로 몇 번이나 손을 넣어달라고 했지만 꿈쩍하는 기색은 안 보인다.

치사토 때 그랬던 것처럼 여기를 통해 그쪽 세계로 길을 여는 데 한 달 정도가 걸린다고 하면 그동안 코요를 어떻게 할지도 전혀 아이디어가 떠오르지 않는다.

그쪽 세계에서는 최고의 권력자인 코요가 치사토를 보호해 줘서 의식주 걱정은 전혀 안 했다. 그러나 이 세상의 치사토는 평범한 학생이라 아무런 힘도 없다.

학교를 쉬려고 해도 부모의 허락이 필요하고, 의식주도 마찬가지다.

부모님이 아무리 치사토를 귀여워해 주고 있다 하더라도 낯선 성인 남자 한 명을 이유도 묻지 않고 한 달씩이나 놀봐주는 것은 절대로 무리다. 그렇게 되면 결국 할머니에게 부담을 주게 될 우려도 있다.

"……어떻게 하지……."

중얼거리는 말은 전혀 불안을 해소해 주지 않는다. 오히려 점점 더 증대시켜, 치사토의 가슴은 꽉 조이듯 괴로워진다.

'어쩌지…….'

여기에서는 아무도 도와주지 않는 것이다.

잠시 후 돌아온 코요의 손에는 젖은 수건 두 장과 갈아입을 옷이 있었다. 할머니에게 어떤 변명을 했을까 조마조마했는데 아무래도 정원의 나무에 물을 주다가 실수로 물을 뒤집어썼다고 말해주었던 모양이다.

치사토는 그저 가슴만 졸이던 자신보다 훨씬 재치 있다고 생각하면서 그가 내민 수건으로 더러워진 몸을 닦기 시작했다.

"뒤로 돌거라."

"괘, 괜찮아, 나 혼자 할 수 있다고."

"사양하지 말거라."

"아니, 그치만."

"자, 어서."

"……."

너무 완강하게 부정하면 반대로 의식하고 있다고 생각할지도 모른다. 마지못해 등을 돌리자 코요는 의외로 꼼꼼한 손놀림으로 치사토의 목덜미에서 등, 허리까지 닦아주었다.

"……고마워."

무시하는 것은 어린아이 같아서 감사 인사를 하자 마치 '참 잘했어요'라고 칭찬하듯 허리에 부드러운 감촉이 있었다. 그가 키스를 하고 있다는 것을 깨달은 순간 어깨가 떨렸지만, 코요는 그것에 대해 아무 말도 하지 않는다.

치사토도 그 순간에 바로 화를 냈다면 몰라도 허둥댄 다음에 다시 화를 낼 수도 없는 노릇이라 결국은 그가 닦는 대로 얌전히 내버려 둘 수밖에 없었다.

어느 정도 몸이 개운해진 후에 새 옷으로 갈아입자 이번에는 코요가 신경 쓰인다. 기다리던 시간을 토대로 생각해도 자기 몸의 뒤처리를 했을 것 같지는 않았다.

무시할 수도 없어서, 치사토는 코요의 유카타 소매를 잡아당겼다. 곧 시선을 돌리는 남자에게 처음에는 어떻게 말을 얼버무릴까 고민했지만, 결국 아무것도 머리에 떠오르지 않아서 대놓고 물었다.

"……당신은? 제대로, 저기…… 닦았어?"

그래도 목적어를 흐린 치사토를 보고 코요는 눈을 가늘게 뜨고 웃으며 말한다.

"가볍게 닦고 왔다."

"그, 그래."

"다리는 괜찮으냐? 힘들다면 좀 더 여기에서 쉬겠느냐?"

그 말을 듣고 가볍게 그 자리에서 발을 디뎌보았다. 아직 나른함과 약간의 통증이 남아 있지만 괜찮은 것 같다.

게다가 오랫동안 할머니에게 얼굴을 보이지 않는 상태로는 심려를 끼쳐 버릴지도 모른다. 치사토는 불안정한 발걸음으로 사다리를 내려왔다.

"아."

발이 일 층의 마루방에 도착했을 때 안도감을 느낌과 동시에 문득 생각났다.

'그러고 보니 아까……'

코요는 이즈미와 무슨 이야기를 했을까.

"있잖아."

"응?"

"……아까 이즈미하고 이야기했지? 무슨 이야기했어?"

"신경이 쓰이느냐?"

"바……."

마치 '질투한 거 맞지?' 라는 소리처럼 들려서 곧장 부정하려고 했다. 하지만 코요는 그 이상은 놀려대지 않고 방금 전 창고 이 층에서 보던 것과 정확히 같은 위치에서 발길을 멈추고 되돌아보았다.

"네가 어디 있는지 묻더군."

그것은 예상할 수 있었던 말이다.

"하여, 너에게 말하지 않으면 안 되는 것이냐고 되물었느니라."

"……당신이?"

"굳이 내 품에 안고 사랑해 주었노라고 말할 필요도 없지 않느냐. 놈도 내 말에 대꾸하지 않았느니라."

"그…… 래?"

어쩌면 코요가 아무것도 설명하지 않아도 영리한 이즈미는 그 모습을 보고 두 사람 사이에 무슨 일이 있었다는 것을 알아차렸는지도 모른다.

어쩌나…… 라고 생각한 것은 한순간이었다. 자신만 부정하면 그것이 비록 사실이라도 결국은 상상에 지나지 않는다.

치사토는 그렇게 생각하고 다시 발을 내디뎠다.

*　　　*　　　*

이즈미가 초조해하는 것은 뻔히 보였다. 그러나 코요는 먼저 무슨 말을 할 생각은 추호도 없었다.

지금의 상황이 불쾌하다면 돌아가면 될 테고 일일이 치사토가 전전긍긍할 필요도 없다. 코요로서는 이즈미가 치사토 앞에서 사라지는 것을 바라고 있다.

"코미야는?"

"그것을 너에게 말해야 하느냐?"

"……당신, 진심이야?"

골똘히 생각에 잠긴 목소리가 아직도 귓가를 맴돈다.

몸단장을 마친 치사토와 창고에서 나왔을 때 이즈미는 이미 그 자리에 없었다. 그렇다고 해서 돌아간 것은 아닌 것 같고, 할머니에게는 잠시 외출하겠다고 전하고 나간 모양이다.

지금쯤 풍랑이 휘몰아치는 속마음을 가라앉혀 보려고 애쓰고 있을까? 아니면 어떻게 코요에게 반격할지 대책을 강구하고 있을까.

그 어느 쪽이든 치사토는 여기 있다. 당황할 일은 아무것도 없다.

"나, 밭에 갔다 올게."

해가 지기 전 치사토는 그렇게 말하고 집 뒤편을 향해 간다. 당연히 코요도 뒤를 따라갔다.

치사토도 그 이후로 이즈미의 화제를 꺼내지 않았고, 코요도 입에 올리지 않았다. 그래도 코요는 치사토가 이즈미에 대해 생각하고 있다는 것을 알 수 있었다. 싫다면 생각하지 않으면 될 텐데. 그래도 생각하고 마는 것은 치사토에게 이즈미의 존재가 특별하다는 말은 아닐까.

솔직히 재미없지만 치사토의 몸을 손에 넣은 지금 여유

없는 태도를 보여주고 싶지는 않았다.

"……집에 있었으면 됐을걸."

"너와 함께 있는 것이 좋으니 말이다."

이렇게 대답하자 치사토가 슬쩍 돌아보았다.

치사토가 혼자 있고 싶어 하는 것은 알았지만 도저히 혼자 둘 수는 없다. 치사토가 여기에서 도망칠 일은 없겠지만 조금이라도 다른 남자를 생각할 여유를 없애고 싶은 것이다.

"천황 폐하께옵서 오이와 고야를 수확하고 있다니 굉장히 이상한 기분인데."

"나는 좋은 경험을 하고 있다고 생각하고 있느니라. 저쪽에서는 먹을 것에 관심도 없었으니 말이다."

이런 말에 뭐라고 대답해야 좋을지 모르겠다는 표정을 지은 치사토에게 코요는 쓴웃음을 짓고 말았다. 치사토는 미안한 소리를 했다고 생각하는지도 모르지만, 코요는 딱히 불쾌하게 여기지는 않는다.

철이 들고 나서, 아니, 분명 아무것도 모르는 갓난 아이 시절부터 항상 독이 없는지 확인을 거친 차가운 음식만 먹고 살았던 코요는, 자신이 좋아하는 것, 먹고 싶은 것을 생각하는 일조차 없었던 것이다.

그렇다고 자신의 그런 환경에 의문을 가지지도 않았고, 무엇보다도 천황으로서의 의식이 그것을 당연한 일로서 받아들이고 있었다.

여기에 와서 따뜻한 음식이 맛있다는 것을 알았다.

야채가 어떻게 자라나는지, 물고기는 어떻게 손질하는지. 쉽게 할 수 있을 줄로만 알았던 것이 의외로 섬세한 작업을 필요로 하는 것도 알았다.

"……그럼 좋은 경험이라는 거야?"

"그렇다. 백성의 마음을 조금 안 것 같은 기분이 드는구나. 앞으로의 나에게 있어 그것은 얻기 힘든 귀중한 경험이 되겠지."

그것들이 돌아간 후에 도움이 될지 어떨지, 그것도 모두 코요의 생각 나름이다. 하지만 몰랐던 시절보다는 분명—

코요는 다시 등을 돌려 걷기 시작한 치사토의 뒷모습을 바라본다.

창고에서 돌아온 이후 치사토는 이즈미에 대해서 말하지 않았다. 꽤 신경 쓰고 있는 것은 옆에서 봐도 잘 알 수 있었지만, 그래도 오기를 부리는 것처럼 입을 열지 않는다.

코요도 치사토의 입에서 다른 남자의 이름 따위는 듣고 싶지 않았기 때문에 물어보지도 않았지만 이제 해도 지려는 이 시간까지 완고한 태도를 무너뜨리지 않는 것은 마음에 걸렸다.

"치사토."

"……왜 불러."

"아무것도 묻지 않느냐."

"……뭘?"

코요가 무엇을 묻고 싶은지 알고 있는 주제에 치사토는 고집을 부리듯이 이즈미의 이름을 말하지 않는다. 어쩔 수 없이 코요는 스스로 운을 뗐다.

"오늘도 그놈을, 이즈미를 묵게 할 생각이냐?"

"……."

"너는 승낙하였느냐?"

"……."

"치사토."

"본인이 없으니까 나도 몰라!"

짜증내듯이 대답한 치사토는 곧바로 입을 다물었다.

'정말 고집이 세구나.'

"너는 어떻게 하고 싶으냐?"

어젯밤 놈이 갑자기 덮치는 바람에 몹시 무서웠을 텐데. 보통은 인정사정 봐주지 않고 집에서 쫓아내는 것이 당연하다고 생각했지만 마음 착한 치사토와 할머니는 자비롭게 여기에 있게 했다. 그러나 지금이라면 아직 돌아가는 수단이 있을 것이나. 이 세상에는 다양한 발섯이 있고, 그것은 밤낮으로 움직이는 모양이다.

"내가 말해도 되겠느냐."

"……윽."

획 돌아본 치사토는 깜짝 놀라 눈을 휘둥그레 떴다.

"네가 말하기 어렵다면."

"······아키마사."

"어떻게 하겠느냐?"

"······그 녀석도, 이제 돌아가고 싶다고 생각하고 있을걸. 지금도 아마 친구들과 전화나 메시지로 신나게 내 욕을 하고 있겠지."

'그렇게 일이 잘될는지.'

치사토는 사랑하는 남자의 마음을 얕보고 있다.

코요의 생각이 맞았다는 것은 그 후에 곧바로 알 수 있었다.

"죄송합니다. 오늘도 여기 묵어도 될까요?"

하늘이 어두워진 후에 돌아온 이즈미는 선수를 쳐 할머니와 직접 협상을 했다. 사람 좋은 할머니는 물론 흔쾌히 수락하고 바로 저녁 식사 준비를 시작했다.

치사토도 그 바로 옆에서 이야기를 듣고 있었기 때문에 바로 알았을 텐데, 우려했던 대로 반박도 하지 않고 할머니를 따라가 버리고, 거실에 남겨진 코요는 시선을 돌리지 않고 이쪽을 보고 있는 이즈미에게 질문했다.

"어떤 속셈이냐?"

그 정도 일을 저지르고도 여전히 남아 있겠다니 얼마나 후안무치한 것일까. 본래라면 자기 아내가 몹쓸 짓을 당했으니 남편의 입장으로서는 즉시 제거하고 싶은데, 치사토를 생각해서 간신히 참고 있는 것이다.

그러나 코요가 확실하게 말하지 않는 것을 핑계 삼아, 이즈미는 그 나이치고는 당당한 태도로 반박했다.

"할머니가 좋다고 그러셨거든요."

"그것을 그대로 받아들이느냐?"

"나는 코미야의 친구니까. 당신의 허가는 필요 없어요."

그 반격에 코요는 눈을 가늘게 뜨고 바라보았다. 이즈미가 말하는 것은 정론이지만, 그렇다고 해서 딱 보기에도 환영하지 않는 태도를 취하고 있는 치사토와 코요 옆에 있겠다는 것이 신기하다.

그만큼 코요에 대한 적개심이 강한 것인지, 아니면 치사토에 대한 어떠한 집착이 강한 것인지.

어느 쪽이든, 더 이상 이 남자가 여기 있어서는 치사토를 설득할 시간도 낼 수 없다.

코요는 즉시 돌아가게 하기 위해 더 심한 말을 하려고 했지만,

"아키마사."

때마침 치사토가 나타났다.

언뜻 봐도 불온한 분위기를 풍기면서 대치하는 두 사람의 모습에 잠시 주춤하는 모습을 보여준다.

"치사토."

"어…… 저기, 식사, 다 됐거든."

"아, 미안."

코요가 대답하기도 전에 이렇게 말한 이즈미가 가볍게 치사토의 어깨를 두드린다. 물론 코요는 그것이 재미없어서 한 걸음 앞으로 발을 디뎠다.

"먼저 실례할게요."

"기다리거라."

"잠깐……."

이즈미에게 말을 걸려고 한 코요를 치사토가 말리고, 이즈미가 그 틈을 타서 안쪽으로 향한다. 그 뒷모습을 잠시 바라보던 코요는 자신의 팔을 잡는 치사토를 내려다보았다.

"왜 말렸느냐."

이즈미를 감쌀 마음이 아니라는 것은 알고 있었다. 하지만 그렇다면 왜 쫓아낼 기회를 놓쳤는지 이해할 수 없다.

"……내일은 꼭 돌아가 달라고 할 테니까."

"……."

"오늘은 어쩔 수 없잖아."

어쩔 수 없는 상황을 만든 것은 치사토 자신이라고 코요는 비난하는 말을 삼켰다. 치사토는 속 타는 자신과는 또 다른 의미로 이즈미의 존재를 두려워한다. 자신이 있으면 아무것도 두려워할 필요가 없는데……. 자신이 태어나 자란 나라에 돌아왔는데 치사토는 왜 이리도 자신이 없는 것일까.

"너는 그놈을 싫어하는 게 맞겠지?"

"……응."

지금은 그 말에 알겠다고 해야 하는 것 같다. 너무 궁지에 몰아넣어서 치사토가 달아나는 일만은 없어야 한다. 지리적 이점이 없는 이 세계에서 감쪽같이 손이 닿지 않는 곳으로 도망가 버릴지도 모르기 때문이다.

"가자."

"……."

재촉하듯이 손을 뻗자 치사토는 힐끗 시선을 돌린 후 손을 잡지 않고 걷기 시작했다.

*   *   *

어색한 저녁 식사가 끝나고, 치사토는 달아나려는 것처럼 먼저 설거지를 하겠다고 자청했다. 원래 치사토 한 명이면 될 것을, 불가항력적이기는 해도 남자가 두 명이나 늘어나 버린 것이나. 할머니가 편하게 계시기를 바라는 마음과 그 분위기에서 조금이라도 떨어지고 싶다는 생각도 거들었는데, 어찌 된 영문인지 그 두 사람도 뒷정리를 도와주어서 결국 세 사람이 한꺼번에 행동하게 되어버렸다.

모처럼의 호의임을 알 수 있지만 치사토는 마음속으로
혼자 있게 해달라고 외치고 있었다.

이즈미에게 코요와의 관계를 추궁당하는 것도 싫었고,
코요에게 저쪽의 세계로 돌아가자는 설득을 당하는 것도
싫다.

'……내가 뭐하는 거지.'

도망만 치는 자신이 한심해서 견딜 수 없지만, 그것밖에
할 수 없다는 것도 사실이다.

"치사토."

가능한 한 천천히 설거지를 하고, 그래도 뒷정리가 끝나
고 말아, 무거운 발걸음으로 거실에 가려고 하는데 마침 목
욕탕에서 나온 할머니가 말을 걸었다.

"비었으니 들어가렴."

"네."

"나는 먼저 자마. 잘 자렴."

"안녕히 주무세요."

"잘 자요, 아키마사 씨, 이즈미 군."

아무것도 모르는 할머니는 상냥하게 웃으며 자기 방으로
돌아갔다.

치사토도 그 모습이 보이지 않을 때까지 가까스로 미소
를 유지하고 있었지만, 할머니의 뒷모습이 사라진 순간 뺨
이 굳어졌다.

"아, 아키마사 먼저 목욕해."

"물론 너도 함께……."

"당연히 혼자지!"

둘이서 함께 목욕하다니 그야말로 더욱 깊은 오해를 초래할 뿐이다. 치사토는 아직 뭔가 말하고 싶어 하는 낌새인 코요를 거의 떠밀다시피 해서 목욕탕으로 보내고는, 이어서 이즈미를 돌아보았다.

"……이불 준비할 테니까. 오늘은 혼자 자."

이즈미가 억지를 써서 또 셋이서 같은 방에 자게 되기라도 하면 견딜 수 없기 때문에 치사토는 속사포처럼 쏟아놓고 이즈미에게 주어진 방을 향해 빠른 걸음으로 갔다.

'따라오지 말라고!'

이즈미가 뒤를 쫓아오는 것은 알았다. 하지만 뒤돌아보고 뭐라고 하는 것보다 지금은 빨리 이불을 깔아버리고 자기 방에 틀어박히는 것이 제일이다.

방에 도착해서 묵묵히 준비하는 치사토를 이즈미는 돕지도 않고 바라보고 있다. 마음이 불편해서 한층 더 우울해지려던 찰나, 난데없이 이즈미가 물어보았다.

"너, 그 녀석과 어떤 관계야."

"……으."

이전에도 비슷한 질문을 받았지만, 방금 그 말은 그때보다 깊은 의미가 담겨 있는 것 같다. 지난 며칠 동안, 찰싹 붙어 있지는 않았다고 해도 자신과 코요의 분위기를 보고 있던 이즈미는 아무것도 없다고 해도 믿을 수 없을 것이다.

딱 봐도 혈연이 아니고, 친구치고는 나이 차이가 너무 큰 코요. 그 언동도 별나고, 마음에 걸리는 부분이 가득하기 때문에 치사토는 뭐라고 말도 못하고 머릿속에서 빙글빙글 어지럽게 변명을 생각했다.

하지만 틀림없이 이즈미는 치사토가 열심히 생각하는 이유를 납득해 주지 않을 것이다. 그렇다면 차라리 침묵하는 것이 나을까?

무의식적으로 시트를 쥔 치사토의 귀에 거칠게 혀를 치는 소리가 들린다. 화가 난 분위기라 치사토는 흠칫 몸을 떨었다.

"무슨 생각 하는 거야."

"……어?"

"저 녀석하고…… 하고 있지."

"이, 이즈미."

"네가 저런 놈과 섹스…… 같은 걸."

그 직설적인 한마디에 치사토는 입술을 깨물었다. 아니라고 부정하고 싶은데, 목소리가 목구멍에 붙어 나오지 않는다.

"……좋아하냐?"

"……어?"

"저 녀석, 좋아하냐고."

'이즈미……'

십중팔구 남자끼리 섹스를 하다니 정상이 아니라고, 남자에게 안기는 치사토를 음란하다고 말할 줄 알았는데 이즈미가 물은 것은 그 이전에 치사토의 진심이다. 너무나 평범하고도 어려운 질문이라 치사토는 곧장 대답할 수 없었다.

치사토의 침묵에 이즈미는 더욱 애가 탄 모양이다.

"……너는 좋아하지도 않는 놈하고 섹스하냐?"

"……"

"그런…… 거."

이즈미의 격렬한 분노를 뒤집어쓴 치사토는 갑자기 어떤 생각이 떠올라 이즈미의 얼굴을 가만히 보았다.

'설마……'

바보 취급하거나 혐오하거나 조롱하거나 한다면 그나마 이해가 된다. 하지만 눈앞의 이즈미의 태도에서는 그런 감정은 보이지 않았다.

그보다는 오히려—

"서, 설마…… 이즈미 너 아직…… 한 석, 없는 거야?"

"……떫냐?"

"말도 안 돼!"

"이런 걸 가지고 거짓말할 리가 없잖아!"

"하지만……."

어른스러운 외모와 명석한 두뇌. 성격도 밝고 스포츠맨이고 친구도 많고, 여자에게도 엄청난 인기를 자랑하는 이즈미가 설마 아직도 섹스 미경험자일 줄은 생각도 하지 못했다. 틀림없이 몇 명은 되는 상대와 나름대로의 경험을 쌓았을 줄 알았는데, 의외로 성실한 남자였던 모양이다.

그렇게 생각하고 다시 이즈미를 보자, 귀가 발그스름해져서 치사토의 시선에서 벗어나려고 크게 몸을 비틀어 등을 돌리고 있는 모습이 묘하게 앳되어 보인다. 오히려 좋아하는 상대하고만 하고 싶다는 듯해 매우 성실하고 호감조차 느껴진다.

괴롭힘당하고, 그토록 무서워했던 존재가 왠지 굉장히 귀엽게 느껴지는 자신에게 당황한 치사토는 단지 어색한 미소를 지을 수밖에 없었다.

그사이에 이즈미는 퍼뜩 깨달은 것처럼 치사토에게 따졌다.

"……큭, 나보다 너 말이야, 너! 그 녀석하고 사귀는 거야? 그래서 섹스하는 거야?"

"아, 안 사귄다…… 고."

그들의 관계는 코요의 무리한 강행으로 시작된 것이다. 치사토가 내키지 않지만 그것을 받아들인 것은 원래 살던 이 세계로 돌아오기 위한 일이라, 말하자면 어떻게 할 수 없는 이유가 있기 때문에 맺은, 이해관계에 입각한 육체관계였다.

그러나 그렇다고 딱 잘라 말하기에는 여기에 돌아와서도 코요와 섹스를 했다는 사실이 있는 만큼 아무래도 말을 더 듬거리게 된다. 여기에서는 코요가 천황이라는 사실도 관계없는데, 낯선 세계에서 당황하던 것은 코요인데 왜 또 몸을 열어버린 것일까.

"그럼 왜? 그냥 기분 좋아지고 싶어서 그런 거야?"

"그런……."

"협박당했어?"

"그것은……."

"아니면…… 너, 게이냐?"

"아, 아냐!"

첫사랑은 아직이고, 연애 감정을 품은 상대는 지금까지 없지만, 그래도 자신의 그런 대상은 여자일 것이다.

작고 귀엽고 얌전한, 언젠가는 그런 여자를 좋아하게 될 것이라고 무의식적으로 생각했던 치사토에게 남자는 공포와 혐오의 대상으로밖에 보이지 않았다.

"넌 게이 아니야!"

"그럼, 그 녀석하고는 왜?"

"……."

"사귀지도 않고 게이도 아니고. 그렇다면 네가 그 녀석과 할 이유가 없잖아."

"하지만…… 하지만 난……."

이즈미의 말에 반론도 뜻대로 못하다니, 치사토는 자신의 행동에 자신감을 가질 수 없었다.

"아무리 네가 몸집이 작아도 남자라면, 무슨 수단을 쓰더라도 저항하지 않겠어? 나라면 사내새끼 아래 깔리는 건 딱 질색이라고."

치사토도 저항했다. 여러 번 싫다고 외쳤고 한심하지만 울면서 그만두라고 애원한 적도 있다. 그래도 코요는 손을 멈추지 않았다.

'……그게…… 아니라고……?'

치사토는 있는 힘껏 저항했지만, 죽자 살자 저항한 것은 아니었나? 이즈미가 말한 대로 같은 남자에게 깔리는 것이 정말 싫었다면 어떤 짓을 해서라도 피하려고 수단을 생각했을까.

결국 치사토는 항상 어중간하게 포기하고, 끝내는 그것을 받아들였다. 스스로는 어쩔 수 없는 일이라고 납득하려고 했지만, 그 마음속에 코요에 대한 혐오가 틀림없이 존재했을까.

생각하면 생각할수록 모르겠다. 다만, 현재 흘러가는 대로 관계를 가지고 있는 자신의 마음이 스스로 인식하던 것보다 훨씬 물러 터졌다는 것은 뼈저리게 깨달았다.

마음이 없다면 분명하게 거절을 해야 한다.

"치사토."

"……."

"……이제 와서 내가 이런 말 해도 너는 용서할 리 없다고 생각하지만……."

"……뭔, 데."

"미안."

"……아."

"괴롭혀서 미안. 바보 취급하고, 놀려대고, 네가 울상 짓는 모습을 보고 웃었던 자신을 지금 무진장 패고 싶어."

이즈미는 주먹을 쥐고 고개를 숙이고 있다.

"너를 어린애라고 했지만…… 내가 더 어렸어. ……못돼먹은 꼬맹이였어."

어떻게 하면 좋을까.

이제 와서 이런 식으로 대놓고 사과를 해도, 솔직하게 받아들였다가 나중에 또 놀림당하지는 않을까 하는 생각이 순간적으로 머릿속을 스쳤다. 하지만 눈앞의 이즈미를 보고 있노라면 즉시 부정할 수 있다. 그만큼 치사토에게는 이즈미의 사죄가 진실하게 보였다.

잠시 서로 아무 말도 못하고 시간만 흘러갔다.

그다음 말을 한 것은 역시 이즈미였다.

"금방 용서하지 않아도 돼. 네가 화내는 것도 이해하고,

학교가 시작되면 친구들한테도 제대로 말하고 절대로 이제 놀리지 않게 할게. 그걸 보고 나서 판단하면 되니까."

"……으, 응."

"하지만 그 남자에 대해서는 확실하게 하는 것이 좋아. 너와 어떤 관계인지는 모르겠지만, 평범한 남자로 보이지는 않으니까."

그야 천황이니까…… 그렇게 말할 뻔한 치사토는 입을 꾹 다물었다. 거기까지 깊은 사정을 이즈미에게 말할 수는 없다.

"진심으로 도망치고 싶거든 나한테 말해줘. 내일 너를 데리고 집으로 돌아가거나, 그것이 무리라도 같이 내쫓을 수도 있으니까."

이즈미도 자기 혼자 코요와 대치해도 이길 수 없다는 것은 느끼고 있는 것 같다. 나이 차이나 체격 차이뿐만 아니라 짊어지고 살아온 배경조차 다른 상대이니, 그렇게 생각하는 것이 당연하고, 치사토는 이즈미가 약하다고는 생각하지 않았다.

오히려 이런 식으로 밀해준 것을 아직도 믿을 수 없었다. 놀리고 괴롭힌 것을 똑바로 사과한 데다가 코요에게서 도망치는 것도 협력해 준다니, 정말 눈앞의 이즈미가 학교에서 본 이즈미와 동일인물이 하고 의심해 버릴 정도다.

'……내 탓도 있었을지도 몰라…….'

싸움을 피하고 그 탓에 비굴해지면서 그저 마음속에 반항심만 커지던 자신, 생각하는 것을 입 밖으로 똑바로 내어 상대의 눈을 보고 대꾸하는 지금의 자신. 어쩌면 이즈미도 학교에서 본 치사토와 여기 있는 치사토가 다른 사람처럼 느껴지는지도 모른다.

"……저 ……기, 이불."

"이다음은 내가 할 수 있어."

"그, 그럼 욕실이 비었는지 보고 올게."

치사토는 이즈미와의 거리감을 어떻게 해야 좋을지 알 수 없어, 도망치듯이 방에서 나와 버렸다.

"……깜짝이야……."

이즈미의 말은 깜짝 놀랄 것 투성이였지만 그래도 지금까지 느끼고 있었던 거북한 느낌은 상당히 흐려졌다. 겨우 십여 분 대화한 것으로 이렇게까지 마음이 바뀐다는 것 자체가 단순한 성격이라 그런 걸지도 모르지만, 어쨌든 마음이 가벼워진 것은 사실이다.

"아무리 네가 몸집이 작아도 남자라면, 무슨 수단을 쓰더라도 저항하지 않겠어? 나라면 사내새끼 아래 깔리는 건 딱 질색이라고."

그리고 이 말은 특히 심금을 울렸다.

설령 저쪽 세계에서 한 것은 어쩔 수 없었다고 한다손 쳐도 여기에 돌아온 후 코요와의 스킨십은…… 특히 오늘 창고에서 한 섹스는 정말 필사적으로 저항하면 없었을지도 모른다.

자신 안에 코요를 받아들이고 있는 부분이 있다. 그것이 어떤 감정인지 이름은 몰라도 적어도 몸을 겹칠 정도로 의미 있는 무언가가—

그것은 생각하면 분명 알 수 있을 것이다. 하지만 지금은 그것을 생각하기가 두렵다.

치사토는 혼란스러운 머리를 몇 번 흔들어 기분을 전환하고 욕실에 가려고 했다.

"!"

그러자 복도 저편에 보이는 그림자에 크게 심장이 맥박치고 말았다.

"……아키마사?"

코요가 가만히 멈춰 서 있었다. 유카타가 바뀌고 머리도 조금 젖어 있는 것을 알 수 있다.

'언제부터 거기에…… 혹시 들렸나……?'

방 앞에 있던 것은 아니지만 TV도 틀지 않은 고요한 집 안이니, 자신과 이즈미가 한 대화도 어느 정도 명확하게 들렸을 것이다.

그러나 겉보기로는 코요의 표정에 큰 분노의 기색은 보

이지 않았다. 오히려 부드러운 눈빛을 보내고 있다.

"목욕, 다 했어?"

"그래."

"그럼, 이즈미한테 말해줘야겠다."

묘하게 거북한 마음에 즉시 발길을 돌리려던 치사토는,

"치사토."

코요의 목소리를 듣고 제자리에 다리가 붙어버렸다.

"……."

"……."

"……."

"왜, 왜 불러?"

침묵이 무섭다.

코요가 자신에게 위해를 가하리라는 생각은 전혀 안 하지만, 그래도 피부에 따가운 시선이 와서 박힌다.

"그놈은 내일 돌려보낼 게지?"

"……어, 그러니까……."

"불쾌하게 생각하고 있지?"

정확하게 말하자면 그렇게 생각하고 있었다. 지금은 곤혹스러운 감정이 더 크고 부정적인 감정은 작아졌다. 하지만 이대로 이즈미가 남아 있어도 곤란한 것은 확실하다. 코요의 정체를 알리고 싶지도 않고, 저쪽 세계에 돌려보내는 모습을 보일 수도 없는 노릇이다.

지금 막 들은 사죄를 자신 안에서 소화하기에도 시간이 걸릴 것 같고, 결국 이즈미에게 돌아가 달라고 말한다는 선택밖에 남지 않는다.

"아침에 꼭 말할게."

이즈미는 쉽사리 납득하지 않을지도 모르지만, 그래도 어떻게든 달래서 돌아가 달라고 해야지. 그것만은 결정된 사항이므로, 치사토는 코요를 똑바로 보았다. 조금 다리가 떨렸지만 저쪽에서는 그것을 모를 것이다.

"그러니까 아키마사는 이제 아무것도 안 해도 돼."

"……알겠다."

치사토는 돌아온 대답에 안도하여 크게 한숨을 쉬었다. 무의식적으로 긴장하고 있던 모양이다.

"그럼, 목욕하러 가라고 말하고 올게."

이번에는 코요는 치사토를 붙들지 않았다.

다음 날 아침, 다 풀리지 않은 긴장 탓에 치사토는 평소보다 일찍 일어나고 말았다.

이불을 뒤집어쓴 채 주위를 둘러보자 기기는 할머니 집의 자기 방이다. 네 평쯤 되는 방 안에 자기 혼자 누워 있고, 이불도 물론 하나밖에 깔려 있지 않다.

옆에 아무도 없는 것이 어째선지─ 마음이 안정되지 않았다.

'……그렇지, 어제…….'

욕실에서 나온 치사토는 방에서 자겠다고 하고 코요를 손님방에 방치한 채로 도망쳤다. 코요에 대해서, 이즈미에 대해서 생각하면, 치사토는 혼자 있고 싶었다.

의외로 코요는 뒤를 쫓아오지 않았기 때문에 안심했지만, 이불 속에 들어가면 이번에는 왜 쫓아오지 않은 걸까 하는 생각이 들어서, 결국 복잡한 머릿속으로 그대로 잠들어 버린 것이다.

자기가 먼저 말해놓고서 혼자 있자니 외롭다는 게 우습다.

치사토는 힘차게 일어나 즉시 옷을 갈아입고 방에서 나왔다.

복도의 덧문을 하나씩 열자 여름 특유의 눈부신 태양이 쏟아져 들어온다. 아무래도 오늘도 좋은 날씨인가 보다.

치사토는 빠른 걸음으로 부엌으로 가서 안을 들여다보았지만 할머니의 모습은 보이지 않았다. 어쩌면 아침 식사 재료를 가지러 밭에 나갔는지도 모른다는 생각에 정원에 나오자 때마침 집으로 돌아오는 할머니의 모습이 눈에 들어왔다.

"할머니!"

"잘 잤니, 치사토."

"안녕히 주무셨어요!"

생글생글 부드러운 미소를 보자 치사토도 절로 웃음이
나왔다.

"오늘은 일찍 일어났구나. 두 사람은?"

"아직 자고 있는 것 같아요."

보러 가지는 않았지만 방에서 나온 기색은 없었다. 어쩌
면 이미 일어났는지도 모르지만, 왠지 얼굴을 보러 가는 것
이 무섭다.

하룻밤이 지나 태양 아래에서 다시 코요와 이즈미와 마
주하면 어떤 결론이 나올까. 그것을 미루고 싶은 자신은 결
국 겁쟁이인지도 모른다.

"그래. 깨우면 미안하니 조용히 해야겠구나."

"네."

이번에는 할머니와 나란히 계란을 가지러 닭장으로 향한
다. 기르고 있는 수십 마리의 닭들이 일제히 움직이기 시작
하자 몇 개의 계란이 짚 위에 널려 있는 것이 보였다.

"제가 꺼낼게요."

웅크린 치사토가 아직 온기가 남아 있는 알을 조심스럽
게 집어 할머니가 가지고 있는 바구니 위에 얹었다. 몇 가
지 여름 채소와 계란. 남자 일손이 없기 때문에 쌀농사를
짓지는 않았지만 할머니 혼자라면 충분히 생활할 수 있는
환경이다.

"……할머니는 대단하네요. 이렇게 혼자서 생활도 하

시고."

할아버지가 돌아가시고 일 년 정도는 매우 침울한 모습이었다. 손자인 치사토가 보기에도 두 사람이 몹시 서로를 아끼는 것은 알 수 있을 정도였기 때문에 어쩌면 할머니가 이대로 할아버지의 뒤를 쫓아가는 게 아닐까 두려웠을 정도다.

그러나 할머니는 시간이 지남에 따라 착실히 회복했다. 아들인 치사토의 아버지가 일 년에 몇 번, 치사토도 방학 때마다 찾아오지만, 기본적으로는 혼자 살고 있다. 그래도 누구도 성가시게 하지 않고 살고 있다.

할머니가 사는 이 집은 매우 좋아한다. 하지만 사실은 도시의 우리 집에서 함께 사는 것이 낫다. 아버지보다는 오히려 어머니가 적극적으로 권하고 있기 때문에 고부 문제도 없을 거라고 생각하는데 왜 할머니는 고개를 끄덕여 주지 않는 걸까.

어떻게 혼자 살아갈 수 있는 걸까.

문득 그런 생각이 머릿속을 스쳐, 치사토는 무심코 말해 버렸다.

"할머니, 정말 우리 집에 안 오실 거예요?"

할머니는 웅크려 앉은 치사토를 내려다보았다.

"치사토가 이렇게 놀러 와주지 않니."

"하지만, 혼자 살기 외롭지 않아요?"

"여기에는 타츠오 씨가 있으니까."

할아버지를 아직도 이름으로 부르고 있는 할머니를 귀엽게 생각한다. 아직도, 할머니에게 할아버지의 존재는 큰 것 같다.

옛날 사진도 본 적이 있지만, 험상궂은 얼굴을 한 할아버지와 아주 미인이었던 할머니가 어떻게 만났는지 의문이다. 나이도 할아버지 쪽이 열 살 가까이 연상이었다고 들었다. 두 사람의 공통점은 전혀 없을 것 같은데.

"할머니랑 할아버지는 맞선이에요? 아니면 연애결혼?"

그러자 할머니는 즐겁게 후훗 웃었다.

"타츠오 씨가 나를 거두어주었단다."

"네?"

'거두어……?'

할머니는 무슨 비유일까 하고 고개를 갸웃거리는 치사토의 머리를 부드럽게 쓰다듬어 주었다.

"'삭(朔)'일 밤에 말이지, 타츠오 씨가 나를 발견한 거야."

"'삭' 일 밤?"

이전에 할머니가 해주신 이야기에서 들은 적 있던, 치사토가 기억하기로는 초승달을 가리키는 말이다. 흔히 듣지 못하는 단어이기 때문에 어렴풋이 기억했지만, 아무래도 매우 깊은 애착이 있는 말인가 보다.

'그때 처음 만났다는 말일까?

만난 계기를 물어봤더니 달의 명칭을 대답하는 것도 드문 일이라고 생각하면서 치사토는 더 자세히 물어보았다.

"어떻게 만난 거예요?"

"죽을병에 걸린 내가 갑자기 나타나서, 타츠오 씨가 도와주었단다. 정말 그때는 타츠오 씨가 하느님처럼 보였지."

"죽을병이라뇨……."

조금 오버하는 이야기 같기도 하지만, 할아버지에 대해 이야기하는 할머니는 매우 행복하고 기뻐 보여서, 작은 의문 따위는 금세 사라졌다. 조금 신기한 만남 같지만 두 사람이 만났기 때문에 아버지가 태어나고 치사토가 여기에 있는 것이다.

두 사람이 만나줘서 정말 다행이라고 생각한다.

"좋겠다…… 나 같은 사람한테도 그런 상대가 나타나려나……."

지금까지의 인간관계도 우스울 정도로 얄팍한 데다 지금 자신에게는 골치 아프게도 다른 세계의 사람이라는 혹까지 붙어 있다. 빨리 돌려보내고 싶지만 아직까지도 그 방법도 시기도 모르지, 하여 자신의 불행 체질에 골머리를 앓고 있다.

"……할머니, 이즈미는 오늘 돌아갈 거예요."

치사토는 일어나서 할머니에서 바구니를 받으면서 말한다. 지금 여기서라면 거리낌 없이 말할 수 있다고 생각했다.

"어머나, 벌써? 천천히 있다 가면 좋을 텐데."

"그 녀석도 바쁜 놈이니까요. 그리고요, 아키마사 말인데……."

"아키마사 씨는 느긋하게 머무를 거지?"

"……할머니는 귀찮으실 거라고 생각하지만……."

"설마. 아주 기쁘단다."

닭장을 나오는 할머니를 황급히 따라 나가자 할머니는 안채로 향하면서도 계속 이야기했다.

"나는 신경 쓰지 말고 머물러 달라고 하렴."

"하, 하지만."

"그렇게 쉽사리 갈 수 있는 곳이 아니잖니?"

"할머니……?"

'그 말…….'

어쩐지 희한한 말을 들은 것 같은 기분이 들었지만 할머니는 생글생글 웃기만 하면서 아침 식사 메뉴에 대해 이야기했다. 거기에 내답하면서 치사도가 방금 전에 느꼈던 의문은 흐지부지해졌다.

"치사토, 이거."

"아, 고마워."

내민 접시를 받을 때 치사토는 무의식적으로 감사인사를 했다. 그런 자신에게 놀랐지만, 그것은 이즈미도 마찬가지였는지 눈을 조금 크게 뜬 후 쑥스럽게 웃었다.

이런 식으로 온화하게 마주 볼 줄은 꿈에도 몰랐지만, 물론 심술 따윈 당하지 않는 것이 훨씬 좋다. 치사토는 그렇게 생각하면서 이즈미의 뒷모습을 배웅했지만 곧 옆얼굴에 강한 시선을 느끼고 어색하게 고개를 숙였다.

'……무슨 생각을 하는 건지…….'

자신과 이즈미 사이의 분위기가 바뀐 것을 코요가 눈치채지 못할 리가 없다. 아니, 오히려 입 밖으로 내어 말하지 않는 것이 무서워서, 치사토는 코요의 움직임을 경계하고 만다.

마치 적대하는 상대가 코요 혼자가 되어버린 분위기가 되어, 그것이 남자를 어떻게 바꿔 버릴지 불안하지만, 그렇다고 이제 와서 이즈미와의 대화를 없던 일로 할 수 없다.

오늘 이즈미는 반드시 돌려보낸다. 그 후, 코요가 저쪽 세계로 돌아갈 방법을 진지하게 서로 이야기해야지. 물론 치사토가 따라가는 일은 절대로 없다고 잘 타일러야 한다고 생각하면서, 아침 식사 뒷정리를 마친 치사토는 부엌 입구에 서 있는 코요에게 말을 걸었다.

"뭐, 하고 싶은 것 있어?"

"왜 그런 것을 묻느냐?"

"하, 하지만, 매일 지루할 텐데."

텔레비전도 보지 않고 컴퓨터도 하지 않는다. 주위는 밭밖에 없고 진기한 것도 없다.

처음이야 다양한 가전에 관심을 가지고 있던 코요도 지금은 특히 깊게 알려고 하지 않았다. 알아봤자 가져갈 수는 없다고 이해한 것 같다.

그보다는 할머니가 보여주는 치사토의 옛날 앨범을 보며 이야기를 듣거나 하는 것이 재미있어 보인다. 물론 코요만 할머니와 이야기를 하게 놔둘 수도 없는 노릇이라 치사토도 옆에 있었고, 우려할 만큼 긴 시간도 아니다. 그래도 자신에 대해 너무 많이 알려지는 것은 싫었다.

치사토는 코요에 대해 모르는데 일방적으로 이쪽의 정보를 보여주는 것은 역시 무섭다.

하지만 대놓고 싫다고 말하지 못하는 자신은 정말……한심하다.

"넌 어떻게 하겠느냐?"

"나는……."

할머니를 돕겠다고 해도 할머니는 고요와 이즈미를 상대해 주라고 할 것이다.

'이즈미는…….'

치사토가 무의식적으로 이즈미의 모습을 찾는 것을 알았

는지,

"……!"

갑자기 코요가 팔을 잡았다.

뜻하지 않게 강한 힘이라, 치사토는 눈살을 찌푸리면서 잡힌 팔을 풀려고 움직였지만 그럴수록 점점 손에 힘이 담겨 결국 신음 소리를 내고 말았다.

"아, 아프다니깐……."

"네가, 나 이외의 남자를 보기 때문이다."

"아, 안 봤다고."

"거짓말 하지 말거라. 치사토, 너는 무엇을 생각하고 있느냐?"

"아키마사!"

"내가 지금 너를 보고, 어떻게 생각하고 있는지 알 수 있겠느냐?"

—무섭다.

그렇게 생각한 순간, 치사토는 자신도 놀랄 정도로 강한 힘으로 코요의 손을 뿌리치고 그 자리에서 도망쳤다. 이대로 도망치지 않으면 자신이 어떻게 되어버릴지 상상하고 싶지도 않았다.

"치사토?"

도망쳐 온 거실에 있던 이즈미가 치사토의 얼굴을 보고 깜짝 놀라 말을 걸었다.

"자, 잠깐."

반사적으로 뒤돌아보자, 여유 있는 발걸음으로 코요가 이쪽으로 오는 것이 보였다. 어쨌든 더 멀리 가려고 했지만, 그 전에 이즈미가 치사토의 팔을 잡고 자신의 뒤에 숨겨서, 다가오는 코요와 스스로 마주보는 형태가 되었다.

"이, 이즈미?"

왜? 라고 생각할 겨를도 없이 이즈미가 호전적으로 입을 열었다.

"뭐하는 겁니까."

"너는 상관없다."

거친 목소리는 아니지만, 온몸에 울리는 낮은 목소리는 심장이 얼어붙을 것만 같다. 하지만 이즈미는 전혀 겁먹지 않았다.

"상관없다니……. 이 녀석 얼굴이 이렇게 새파란데 입 다물고 보고 있을 수 있을 리가 없잖아."

"……치사토."

"그러니까! 그런 목소리로 코미야를 부르지 말라고."

"……!"

어느새 치사토는 이즈미의 셔츠를 움켜쥐고 있었다. 이런 식으로 도망치는 것이 비겁하다는 것을, 여자처럼 등 뒤에 숨는 것이 한심하다는 것을 알고 있지만, 지금 코요와 마주할 자신이 도저히 없다.

"치사토."

그런 이즈미의 말은 전혀 들리지 않는 것처럼, 코요는 치사토만을 바라보며 그 이름을 불렀다.

"이봐!"

"치사토."

"이봐!!"

참다못해 거친 목소리를 내는 이즈미를 코요가 드디어 보았다.

"나는 치사토와 이야기하고 있느니라. 너는 끼어들지 말거라."

'아키마사…….'

치사토는 한 번 눈을 꼭 감은 후, 이즈미의 뒤에서 조심조심 얼굴을 내민다.

"코미야."

"미, 안. 내가 다 이야기할게."

지금 이즈미 뒤에 숨어도, 마냥 도망쳐 다니기만 할 수는 없다.

*   *   *

이즈미 뒤에 숨은 치사토를 보고, 코요는 가슴이 타들어 갈 정도로 질투심을 느꼈다.

자신이 이즈미에게 뒤진다고 생각지는 않는다. 단지, 지금까지 이즈미를 피하고 있었던 치사토가 자신에게서 달아날 수단으로 그 남자를 이용한 것이 재미없었다.

언제, 어디서, 두 사람이 가까워졌는가.

치사토에게서 오래 눈을 떼지도 않았건만, 치사토는 왜 이즈미를 받아들인 것인가.

그것은 코요가 우려한 이유는 아닐지 모르지만, 보고 넘길 수는 없었다.

그런 중에 치사토를 불렀더니 감쪽같이 달아났다. 게다가 그가 향한 곳이 이즈미이다.

눈엣가시 같은 남자의 등 뒤에서 간신히 나온 치사토의 팔을 잡고 코요는 그대로 밖으로 나온다.

"어디 가는 거야!"

"아, 아키마사?!"

신발도 신지 않은 채, 코요가 향한 곳은 창고였다. 그것을 알자 치사토는 또 다시 안기는 줄 알았는지 다리를 뻗디디고 저항하려고 한다. 하지만 코요에게 그 정도의 저항은 아무것도 아니다.

거의 치사토를 옆구리에 끼듯이 하여 사다리를 올라가 이 층의 궤 앞에서 그 몸을 놓아주었다. 최대한 상냥하게 대하려고 노력했지만, 아무래도 흐트러진 마음은 감추지 못했다.

"치사토."

마루 위를 슬금슬금 엉덩이로 뒷걸음질 치려는 치사토 앞에 무릎을 내리고 코요는 가녀린 턱을 한손으로 잡는다. 힘을 뺀다고 뺐는데도 치사토는 작게 고통스러운 목소리를 냈다.

"내 눈을 봐라."

그렇게 말하는데 치사토는 도망치는 것처럼 눈을 감고 있다. 정말 비겁하고 생각이 얕고…… 사랑스럽다.

분하지만, 자기 앞에서 이런 태도를 취하고 있는데도 치사토는 코요에게 사랑스럽고 소중한 존재임은 변함없다.

"……나는 돌아갈 게다."

"……!"

당장 비난당할 줄 알았는지, 치사토는 코요가 꺼낸 말에 당혹스러운 눈빛을 보냈다.

그러고 보니 치사토에게 궤에 손을 넣었을 때의 이변에 대해 아직 이야기하지 않았다. 손이 어둠속으로 사라져 버린 그 광경—코요는 본 적도 없는 이상한 현상이었지만 그 일로 인해 자신의 나라로 돌아갈 수 있다는 확신을 가질 수 있었다.

이제 치사토만 고개를 끄덕이면 당장이라도 데리고 갈 생각이었다.

"각오를 하거라."

"아, 아키마사."

"나는 줄곧 나의 나라에 너와 함께 돌아가겠다고 했느니라. 그리고 돌아갈 수 있다는 확신도 얻었다."

"어…… 그게 무슨 말이야?"

"이제 너만 고개를 끄덕이면 된다."

처음에는 치사토의 마음은 아랑곳하지 않고 억지로라도 일을 진행시키겠노라 생각했다. 오래 머무르다가 치사토가 고향을 떠나기 싫어하게 되어도 골치 아프고, 그렇지 않아도 반항적이었던 치사토의 마음이 자신에게서 더 멀어져 버릴까 두려웠다.

그러나 하계에서는 볼 수 없었던 치사토의 부드러운 미소를 보고, 할머니의 환대를 받고, 코요는 자신의 생각을 고치려고 했다. 가능하면 치사토 할머니의 동의를 얻고 싶다, 치사토 스스로가 코요와 함께 있는 것을 원하기를 바라게 되었고, 이 세계에 대해서도 적극적으로 알려고 생각했다.

거기에 나타난 이즈미라는 존재. 지위도 치사토에 대한 마음도 지지 않는다. 다만 치사토의 마음속에 어느새 들어가 있던 골치 아픈 남자.

더 이상 두 사람을 접근시키지 않기 위해서라도, 그리고 제멋대로 코요에게서 도망치려고하는 치사토도 이제 슬슬 분명하게 결의하도록 해야 한다.

"이봐!"

나중에 쫓아온 이즈미가 코요의 팔에 손을 댔지만, 코요의 눈에는 치사토밖에 보이지 않았다.

"일전에 시도하였을 때 나의 팔이 어둠 속으로 사라졌다. 네가 말한 대로 그 궤가 너의 나라와 우리나라를 맺고 있는 것일 게다. 치사토, 돌아갈 수 있다는 것을 알게 되었으니 언제 까지나 고향에 오래 머무르면 못쓴다."

"저, 정말? 정말 사라졌어?"

지금까지 치사토가 함께 있을 때는 그런 변화는 없었기 때문에, 아무래도 곧바로 믿지는 못하는 모양이다. 하지만 이런 거짓말을 할 필요는 없다.

"정말이다. 너만 납득하면 조모님에게 직별 인사를 하고 그 길로 하계로 돌아갈 수 있느니라."

신기하게도 불가능하다는 생각은 들지 않았다. 엄밀하게 말하면, 아무리 이상한 현상이 눈앞에서 일어났다고 해도, 그것이 자국으로 돌아갈 수 있는 증거라고 단언할 수는 없을지도 모른다.

단지, 그래도 코요는 신비한 인연으로 맺어진 자신과 치사토의 나라 또한 틀림없이 이상한 인연으로 이어져 있다고 확신하고 있었다.

"저, 정말이구나……."

치사토는 갑자기 눈앞에 들이닥친 현실에 불쌍할 정도로

동요하고 있다. 그래도 그 모습을 가엾다고 생각은 하더라도 공감할 수 있을 리가 없다.

"치사토."

"나, 나는…… 싫다고……."

'그러니까 너는 무르다는 거다.'

정말 코요를 질색할 정도로 싫어하다면 단호한 태도를 취하면 된다. 지금 자신의 태도가 파고들 여지를 준다는 것을 언제쯤 눈치챌꼬.

"치사토, 나는 너를 놓아주지 않을 게다. 네가 울며불며 애원해도, 가엾게 매달려도 나는 반드시 너를 나의 나라로 데리고 갈 것이다. 그러면 다른 남자에게 눈이 갈 일도 없겠지."

그때 비로소 이즈미에게 시선을 돌리자 거기에도 또한 당혹한 표정의 남자가 있었다. 아무 사정도 이야기하지 않았기 때문에 모르는 것은 당연한 일이고, 물론 코요는 앞으로도 상세하게 설명할 생각이 없다.

어떤 이유이든 치사토의 마음에 정착했던 남자의 존재를 용서할 리가 없다.

"조모님께는 내가 이야기하마."

"안 돼!"

반사적으로 외치는 치사토에게 코요는 미소를 띤다.

"너의 마음이 움직이는 것을 기다리고 있다가는 언제 하계로 돌아갈 수 있을지 알 수 없으니 말이다."

아직 며칠밖에 지나지 않았지만 그래도 이제 정무가 마음에 걸려 견딜 수 없다. 모든 것을 지배한다는 것은 자신 또한 모든 것을 바친다는 말이다. 아무런 대가도 없이 권력을 쥐고 있는 것은 아니라고 치사토에게 말해도 모르겠지.

거기까지 말하고 코요는 치사토에게서 겨우 손을 떼었다. 치사토는 도망치지 않고 그 자리에 털썩 주저앉았다.

코요도 한쪽 무릎을 꿇고 치사토와 시선을 맞췄다.

"도망치지 말거라."

"……으으."

"나는 이전부터 너에게 전하였느니라. 반드시 너도 우리 나라에 데려가겠노라고. 내 말이 이루어질 리가 없다고 생각했느냐?"

"가, 가고 싶지 않다고, 나는 계속……!"

"확실히 들었다. 그러나 나는 그것이 너의 필사적인 호소로 보이지는 않는구나."

처음 만났을 때부터 치사토는 자신의 나라에 가고 싶다고 호소해 왔다. 처문 때도 피로연 때도 어리석다고 여겨질 정도로 도망치려고 빌버둥 치고 있었다.

그러면서 그 피부에 손가락을 대면 싱겁게 쾌락의 물결 속으로 빠져든다.

치사토의 진심은 어디에 있는지, 아마 본인조차도 아직

모른다는 것을 깨우쳐 줄 생각은 없다.

'나는 내가 생각하는 대로 할 것이다.'

"이봐."

그때 간신히 이즈미가 목소리를 높였다. 그전에도 확실히 여기에 있었지만, 분명 무슨 말을 하는지 잘 몰랐을 것이다.

"이제 오래 기다리지 못한다. 나는 내 나라에 돌아가야 하느니라."

"이봐!"

"치사토, 도망치기만 해서는 아무것도 안 된다."

치사토는 울상을 짓고 이쪽을 보고 있지만, 아무래도 말은 안 나오는 모양이다.

궁지에 몰아넣고 싶은 것도 아닌데, 왜 치사토는 자신을 사랑해 주지 않는지 모르겠다.

고향과 혈육과 멀리 떨어지는 외로움을, 차고 넘칠 정도로 사랑하겠노라 맹세하는데.

코요는 일어나서 자기를 위협하듯 노려보는 이즈미와 마주했다.

"부부간의 일에 네가 참견할 여지는 없다."

"……부부?"

"아, 아키마사. 그건……."

"거짓말이 아니다. 치사토는 나의 사랑스러운 아내이다."

딱 잘라 말하자 이즈미는 믿을 수 없다는 표정으로 치사토를 내려다보았다.

"코미야, 방금 그 말……."

"……."

"진짜야?"

더 빨리 말해 버리면 좋았을 것을. 치사토가 싫어하니까 참았지만, 그 몸이 누구의 것인지 이즈미는 물론 치사토 자신도 자각하면 지금 상황도 바뀔 것이다.

치사토는 이즈미의 질문을 받아도 입술을 꽉 다문 채 아무 대답도 없다. 이 지경이 되어서도 침묵을 지키는 그 고집이 부아가 치밀고, 그런 치사토를 사랑스럽게 여기는 자신도 어리석다고 생각했다.

"야."

"치사토."

"……알았어."

잠시 후, 치사토는 작게 중얼거렸다.

"말할 테니까 조금 기다려."

"네가 말할 수 있겠느냐?"

"……말할 거야."

마침내 결심을 한 것처럼 말한 치사토에게 코요가 손을 내밀었다. 치사토는 그 손을 잠시 보긴 했지만, 혼자 일어섰다.

"······이즈미."

"······."

"저······."

"······."

"······절대 믿을 수 없을 거라고 생각하는데······."

치사토는 고개를 숙인 채 때때로 더듬대며 말문을 열었다.

*   *   *

이것은 도대체 무슨 벌칙인가.

이즈미와의 관계를 의심받고 코요와 맞서게 되었고, 코요와 반목했더니 그 관계를 이즈미에게 말하는 처지가 되었다.

애초에 진실을 말하더라도 이즈미가 믿어준다는 보장은 전혀 없다. 치사토 자신도, 직접 경험하지 않았더라면 다른 세계로 날아가 버렸다는 이야기를 진심으로 들으리라고 생각할 수 없었다.

그래도 이제 여기까지 와서 얼버무릴 수는 없다.

여기가 본채가 아닌 어둑어둑한 창고 안이라는 것이 그나마 다행인지도 모른다.

'아키마사······ 굉장히 화났어······.'

코요가 몰아붙였을 때 치사토는 정말 무섭다고 생각했다.

아무리 치사토에게 억지로 밀어붙였다 해도 자신을 응시하는 그 눈 속에 항상 확고한 상냥함이 깃들어 있었는데 오늘은 떼치는 것 같은 눈빛으로 치사토의 우유부단한 태도를 질책했다.

물론 치사토는 코요와 부부임을 인정하지 않았지만, 그가 여기에, 치사토의 눈앞에 있는 한 관계가 없다고 말할 수도 없는 노릇이다.

치사토는 최대한 감정을 담지 않고 담담하게 이즈미에게 자신과 코요의 관계를 설명했다.

창고의 궤를 통해 코요가 다스리는 세계로 끌려간 것.

원래 세계로 돌아가기 위해 코요의 비호하에 들어간 것.

코요가 (영문은 모르겠지만) 자신을 마음에 들어 해서 아내로 삼으려고 한 것.

(그 경위는 제외하고) 결국 결혼 피로연까지 열고 만 것.

언회가 열리던 보름날, 정원의 언못에 뛰어들이 긴신히 원래 세계로 돌아왔는데 웬일인지 코요까지 함께 와버린 것.

"……그런 걸 어떻게 믿어……."

"……응, 그치."

정직하게 사실을 말했지만 이즈미는 곧바로 믿지는 못하

는 모양이다. 그것은 코요와 치사토 사이에 육체관계가 있다는 사실보다 훨씬 더 비현실적인 이야기이기 때문이라고 생각한다.

치사토도 그렇게 쉽게 받아들여 줄 거라고 생각지는 않았지만 이즈미가 어떻게 생각하건 그것이 진실이다.

"……."

옆에서 코요는 날카로운 시선을 이즈미에게 보내고 있었다. 하지만 치사토의 시선을 느꼈는지 문득 이쪽을 본다.

"……!"

바로 방금 전까지 코요의 분노를 피부로 느끼고 있었는데, 지금 코요의 눈동자를 보면 슬픔이 깃들어 있는 것처럼 느껴졌다. 언제까지 지나도 자신을 사랑하지 않는 치사토 때문에 괴로워한다고 생각하자 치사토의 가슴이 욱신댄다. 하지만 이런 식으로 느끼는 것은 치사토의 교만인지도 모른다.

"코요의 시대……."

이즈미는 코요를 향해 물었다.

"당신, 진심으로 코미야를 그, 당신 세계에 데려가려 하고 있는 거야?"

"물론. 나의 아내를 나의 나라로 데리고 가는 것은 당연한 일이다."

"나의 아내라니, 이 녀석은 남자라고!"

"성별 같은 건 관계없다. 나에게는 이미 후계자가 있고 아이를 생산할 의무는 없다. 난 그저 사랑하는 치사토를 곁에 두고 싶을 뿐이다."

"아니, 그러니까!"

"너야말로 왜 참견을 하느냐? 우리의 일과는 관계없을 터인데."

"그러니까!"

코요와 이즈미의 말다툼에 치사토는 갈팡질팡할 뿐이다. 치사토는 이런 때까지 한심한 자신에게 화가 나, 양손을 꽉 쥐었다.

'나는 잘못하지 않았는데……'

자신이 엄청 나쁜 짓을 하고 있는 것만 같다.

"코미야!"

"어…… 우왁?"

갑자기 팔을 잡아당기는 느낌이 나더니 다음 순간에는 이즈미와 함께 달리고 있었다.

반사적으로 뒤돌아보았지만, 코요는 뒤를 쫓아오지 않는다.

"이즈미! 왜 그래!"

"가만히 있어!"

뿌리치려고 해도 이즈미의 힘은 강하다. 이즈미는 그대로 창고를 나가 자신에게 주어진 방에 가서 자기 짐을 잡아

채더니 이번에는 빠른 걸음으로 현관으로 향했다.

"이즈미?!"

이즈미가 무엇을 하려고 하는지 몰라서 치사토는 그 이름을 부를 수밖에 없다 . 그래도 이즈미는 발을 멈추지 않고 치사토를 거의 끌고 가다시피 하여 집에서 데리고 나와 큰길로 향하기 시작했다.

"자, 잠깐!"

"집에 가자."

"어?"

"너, 여기 있다가는 그 녀석한테 끌려갈걸."

"끌려가다니, 아직 정말 돌아갈 수 있을지도 모르는데?"

"저 녀석이 말했잖아."

물론 코요는 그렇게 말했다.

"일전에 시도하였을 때 나의 팔이 어둠 속으로 사라졌다. 네가 말한 대로 그 궤가 너의 나라와 우리나라를 맺고 있는 것일 게다. 치사토, 돌아갈 수 있다는 것을 알게 되었으니 언제 까지나 고향에 오래 머무르면 못쓴다."

코요가 거짓말을 한다고 생각되지는 않는다. 아마도 그 말은 사실이고, 치사토가 생각하고 있던 것…… '궤=저쪽 세계로 통하는 길' 이라는 것은 확실하다.

그것을 그 타이밍에 말한 코요는 어떤 심경이었을까. 생각해 봤자 그의 마음은 알 수 없고, 그저 어쩌면 좋을지 알 수 없을 뿐이다.

만약 치사토가 코요의 입장이었더라면 저쪽으로 돌아갈 수 있다는 것을 알면 당장에라도 그 방법을 시도했을 것이다. 그래서 그 나라 사람들과 그 이후로 만나지 못하게 되었다 해도 아마 어떤 후회도 하지 않았을 거라고 생각한다.

그러나 코요는 치사토를 데려간다는 마음을 바꾸지 않고, 어쩌면 유일한 기회였을지도 모르는 그때를 놓쳤다. 왠지 그 마음이 무겁고 괴롭다.

치사토가 코요를 생각하는 동안에도 이즈미는 발을 멈추지 않았다. 버스 운행 횟수가 한정되어 있는 탓인지 버스 정류장에 도착해도 그냥 지나쳐 앞으로 계속 걸어갔다.

"택시가 오면 잡을 거야."

"정말 돌아갈 생각이야?"

"그래."

"야, 난 아직!"

휴대폰도 지갑도 가지고 오지 않았고, 무엇보다 할머니에게 아무 말도 못한 채 집을 나와 버렸다. 분명 걱정하고 계실 테고, 그 장소에 두고 온 코요도 신경 쓰인다.

"그 녀석, 이 세상에 대해서 잘 모르지?"

"으, 응."

"돈도 없지?"

"없어. 뭐야, 그거. 지금 그런 게 관계……."

"그럼 쫓아오지 못하잖아."

"어……."

겨우 이즈미가 발걸음을 멈췄다. 아마 이십 분, 아니, 삼십 분 가까이 계속 걷지 않았을까.

"만일 너희 할머니에게 돈을 빌린다고 해도 버스나 전철 타는 방법도 택시 잡는 법도 모른다면 쉽게 뒤를 쫓아올 수 없을 거 아냐."

그 자리에서 순간적으로 거기까지 생각한 이즈미에게 놀람과 동시에, 정말 돌아갈 생각이었다는 데 새삼 망설여졌다.

그 자리에서 데리고 나와준 것은 마음 한구석으로 감사하고 있지만, 그렇다고 해서 코요를 할머니 집에 남겨둔 채 집으로 돌아간다는 수단이 옳다고 긍정할 수는 없다. 아무리 코요를 받아들여 준 할머니라도 치사토가 없으면 그를 어떻게 대해야 할지 모르고 당황할 것이다.

설마 치사토가 도망쳤다고 코요가 할머니에게 화풀이 삼아 무슨 짓을 할 거라는 우려는 이상하게도 없지만, 그래도 무책임하게 맡기는 것은 도저히 할 수 없다.

"나, 돌아가야겠어……."

지금 온 길을 되돌아보며 그렇게 말하자 다시 이즈미가

팔을 끌고 걷기 시작했다.

"이즈미!"

"안 돼."

"안 된다니, 하지만 할머니가!"

"너, 지금 돌아가면 틀림없이 그 녀석에게 설득 당할걸."

"그렇지……"

않다고는 단언할 수 없었다. 자신은 단호한 태도를 취하고 있다고 생각해도 지금까지도 결국 몸을 포개고 애매해진 가운데 어물어물 넘어갔다. 이번에도 또 그렇게 될 가능성은 있었을지도 모른다.

치사토의 침묵이 곧 동의라고 느꼈는지 이즈미는 미간에 잡은 주름을 풀지 않았다.

"절대, 멀리 떨어지는 것이 좋을 게 틀림없어."

"하지만……"

자신을 보호하기 위해 그대로 코요를 할머니에게 떠넘기고도 좋다는 생각은 아무래도 들지 않는다.

"그 녀석, 돌아갈 방법을 찾았다고 말했잖아. 네가 돌아오지 않으면 잽싸게 포기하고 돌아갈걸."

"……돌아간다니, 혼자서?"

"당연하지."

"……"

'아키마사만, 원래 세계로……?'

그것을 바라고 있었는데, 새삼 그런 이야기를 들으면 왠지 가슴이 술렁거린다. 어딘가에서 코요가 자신을 포기할 일은 없다고 생각했기 때문이다.

'내가 그토록 싫어하는데도 너는 내 아내라고 말하면서……'

세계가 다른 것은 코요에게는 전혀 관계없는 것이고, 정말 순수하게 치사토를 원하고 있다. 그런 남자가 어떤 수단도 없다고 해서 과연 단념을 해줄까.

"아."

지나가던 버스 정류장에서 시간을 보자 마침 오 분 후에 온다는 것을 알았다. 이대로라면 걸어서라도 역으로 갈 기세였던 이즈미도 그것을 보고 겨우 발걸음을 멈추어 주었다. 하지만 치사토가 도망가지 않도록 단단히 팔을 잡고 있었다.

"……이거 놔."

"싫어."

"이즈미."

"놔도 돌아가지 않을 거야?"

"……"

"돌아가지 않는다고 하면 놓을게."

이전에 심술부릴 때 같은 약간 싸늘한 말투를 듣고, 불안감에 눈동자가 흔들렸다. 그래도 이대로 손을 잡고 있기는 부끄러워서 치사토는 작은 목소리로 호소했다.

"······안 돌아가."

"······."

"안 돌아갈 거라니까."

그런데 몇 번 말해도 이즈미는 손을 놓아주지 않는다.

치사토는 아무것도 하지 못한 채, 보이기 시작한 버스에 이즈미에게 팔을 잡혀서 올라타고 말았다.

잠에서 깨어나니 하얀 천정이 보였다. 주위를 둘러보자 나무 책상과 책장도 보인다.

"······그렇구나."

'집에 돌아왔지······.'

어제 저녁에 직장에서 돌아온 어머니는 오후에 연락도 없이 갑자기 돌아온 치사토를 보고 놀랐지만, 함께 있던 이즈미의 모습에 묘하게 기뻐하며 환대했다. 처음 데리고 온 친구라고 생각한 모양이지만, 이즈미도 빈틈없이 상대하는 바람에 치사토 자신도 정말 옛날부터 사이좋게 지내고 있던 것이 아닌가 하는 착각마저 들 정도였다.

집으로 돌아온 아버지는 어머니처럼 이즈미의 존재에 기뻐하여, 그는 저녁 식사까지 함께 하고 돌아갔다.

말이나 태도로는 표현하지 않았지만, 아마 치사토가 도로 시골로 돌아가는 것을 저지하기 위해 그 시간까지 옆에 있었던 것 같다. 이즈미가 돌아간 시간에는 도저히 시골로 갈 수 없었고, 무엇보다 여기까지 돌아와 놓고 이제 와서 어떻게 하면 좋을지 치사토 자신도 결정할 수 없었다.

어머니는 치사토의 귀가 후 즉시 할머니에게 전화를 했다. 이즈미에 대해서도 이야기했지만 할머니는 '잘됐구나'라고 웃으며 말했다고 한다. 그 이야기 속에 제삼자인 코요에 대해서는 전혀 나오지 않은 모양이다.

왜 할머니는 입을 다물어준 것일까.

그리고 시골에 두고 온 코요는 대체 어떤 마음으로 하룻밤을 보내고 있을까. 도망 간 자신에게 그의 마음을 생각할 자격 따위 없지만, 그래도 치사토는 어젯밤부터 몇 번이나 집 전화의 수화기를 손에 들었다가 걸지 않고 놓는 동작을 반복하고 있었다.

"치사토, 오늘 놀러 갈 거지?"

"네?"

아침 식사를 마친 후 치사토는 갑자기 어머니에게 그런 말을 들었다.

"어제 이즈미가 말했잖니."

"⋯⋯뭘?"

"어머, 얘 좀 봐. 약속해 놓고 잊어버리면 못써."

오늘은 영화를 보러 갔다가 쇼핑을 한다. 극히 평범한 친구 사이라는 것을 잘 모르는 치사토에게는 첫 경험이다.

어머니도 들떠 있는지 몰래 용돈을 주었다. 그 돈을 바라보며 왠지 씁쓸한 것이 가슴속에 차오른다.

'나……'

현대로 가고 싶어서 코요에게서 도망만 치던 때와, 코요와 돌아가고 싶지 않기 때문에 이즈미의 도움을 받아 달아난 지금. 결국 항상 도망만 치고 있다.

어째서 더 똑바로 코요와 마주하지 않았던 것일까.

이즈미와의 관계가 극적으로 변화했을 때, 앞으로의 관계를 왜 제대로 생각하지 않은 걸까.

항상 자신이 편한 방향으로만 도망친 대가가 지금 눈앞에 들이닥친 이것이다.

이즈미는 어쨌든 그 자리에서 떠나는 게 좋다고 말했지만, 현실적으로 코요를 그대로 내버려 둘 수 있을 리가 없다. 본인은 돌아갈 수 있다고 말하지만, 치사토는 실제로 확실히 돌아갈 때까지 지켜봐야 했다.

'돌아가야 하는데……'

다시 코요를 만났을 때 무슨 말을 해야 할지 전혀 떠오르지 않는다. 그 때문인지 두려움과 불안만 가슴 속에 소용돌이 쳐서 자신의 다음 행동을 저지했다.

"여어."

"……"

그리고 점심시간이 지났을 무렵에 이즈미가 집까지 마중

왔다. 어제 왔을 때와 합쳐서 아직 두 번째인데 이미 옛날부터 알고 있던 것 같은 모습으로 웃고 있다.

"어서 오렴, 이즈미."

"어제는 식사까지 차려주셔서 감사합니다. 잘 먹었어요"

"괜찮아, 또 놀러오렴."

"네. 그럼, 가자, 코미야."

"이, 이즈미."

무슨 말을 꺼내기 전에 이즈미의 팔에 이끌려 집을 나왔다.

'……정말 돌아온 거야…….'

끊임없이 왕래하는 자동차와 사람들. 높은 빌딩과 다채로운 상점.

어딘지 모르게 시간이 멈춘 것처럼도 보이는 시골과는 달리 평소 사는 이 도시는 너무나 시끄럽고 자극적이다.

아니, 지금이기에 그렇게 느끼는지도 모른다. 방학 전에는 대부분 고개를 숙이고 발치밖에 보지 않았는데 오늘은 꼿꼿하게 고개를 들고 주위를 볼 수 있는 것이다. 안경을 거치지 않은 깨끗한 시야가 이렇게 기분 좋다는 것을 처음 안 치사토는 모든 것이 신선하고 신기했다.

차분치 못하게 주위를 보고 있는 것을 알아봤는지, 갑자기 머리 위에서 피식 웃는 기색이 났다. 혼자가 아니라는 생각이 나자, 치사토는 초조해하며 시선을 발치로 보냈다.

"가고 싶은 데가 있으면 말해."

"따, 딱히 가고 싶은 데는……."

"영화까지 아직 시간이 있으니 옷이라도 보러 갈까?"

"정말로 영화 보려고?"

그냥 치사토를 불러낼 구실인 줄로만 알았는데 아무래도 이즈미는 진심으로 치사토와 놀려는 것 같다. 이런 때 왜? 라는 의문보다는 갑자기 딴사람처럼 변해 버린 이즈미 때문에 당황하는 마음이 컸다.

"……계속 이렇게 하고 싶었거든."

"어?"

"너랑 영화 보고, 쇼핑하고……. 불러도 넌 항상 도망쳤 잖아."

'그야 당연하지.'

앞장서서 놀려대던 이즈미가 불러봤자 그것은 치사토에 게 왕따의 연장선으로밖에 여겨지지 않았다. 학교뿐 아니라 밖에서도 당하는 것은 참을 수 없어, 치사토는 어떤 권유에도 단호하게 계속 고개를 저었다.

지금이라면 조금은, 이즈미도 치사토와의 거리를 잘 재지 못했는지도 모른다는 것은 알 수 있다. 그럼에도 불구하고 갑자기 이즈미와 친구 관계가 되기는 쉬운 일이 아니었다.

"……미안."

게다가 지금 치사토의 머릿속은 코요 생각으로 가득하다. 상대의 의사를 확인할 수단이 없는 지금은 상상할 수밖에 없지만, 분명 자기 멋대로 행동한 치사토에 대해 길길이 날뛰며 화내고 있을 것이 틀림없다.

도망만 치면 안 되는데 그래도 도망칠 수밖에 없었다. 무책임한 자신이 한심해서 외출을 즐길 여유는 전혀 없다.

"코미야."

"……."

"설마 돌아가고 싶다고 생각하고 있는 건 아니겠지."

"나는……."

돌아가고 싶다는 것과는 조금 다르다. 이제 와서 돌아가지도 못한다.

"그 녀석에게 돌아가면 그 세계인지 뭔지로 데려간다잖아."

"이즈미…… 내 이야기 믿어주는 거야?"

치사토를 데리고 돌아와 주었지만 이즈미가 코요의 말을 모두 믿었다고는 생각지 않았다. 비현실적인데다 치사토와 코요가 나란히 헛소리를 한다고 생각하는 것이 훨씬 진실성이 있을 것이다.

"그런 놈이 현실에 있으면 무섭잖냐. 아무리 봐도 여기랑 동떨어진 분위기가 있기도 했고. ……나도 곧바로 믿지야 못했지만……."

아무래도 이즈미는 코요의 분노하는 그 모습에서 진실을 본 것 같다. 다시금 피부를 찌르던 그의 분노를 기억해 내고 치사토는 몸을 바르르 떨었다.

"……아~ 이런 데서 말할 일이 아니지. 저쪽으로 가자."

이즈미는 근처에 있던 공원으로 치사토를 끌고 갔다.

방학이라 공원에서 노는 어린이와 가족들의 모습은 많았지만, 그래서인지 아무도 여기를 신경 쓰는 분위기가 아니다.

이즈미는 치사토를 사람들이 많은 곳에서 멀찍이 떨어진 벤치에 앉히고 잠시 어디론가 사라지더니만 잠시 후 페트병을 두 개 들고 돌아왔다.

"받아."

"고, 고마워. 저기, 얼마야……?"

"사줄게."

"어…… 하, 하지만."

"이 정도 갖고 신경 쓰지 마. 다음에는 네가 사주면 되지."

"……응."

다음도 있다는 행간의 뜻을 읽고 치사토의 입가에 미소가 번졌다. 왠지 정말 친구가 된 것 같은 기분이다.

스포츠 음료를 단번에 절반가량 마신 이즈미는 큰 한숨을 쉬었다. 그 뒤로 좀처럼 이야기를 꺼내지 않았다.

'······그래, 내가······.'

항상 상대가 화두를 던지기를 바라는 것이 어리광을 부리는 것이다. 치사토도 받은 페트병을 한 모금 마시고 손안에 꼭 쥐면서 입을 열었다.

"······이대로 가면, 안 돼."

시야에 보이는 이즈미의 손도 페트병을 꼭 쥐고 있다. 그래도 치사토의 말을 가로막지는 않았다.

"아키마사에게서 도망쳐도 그 녀석은 지금 이 세상에 있고······. 나, 도움을 받은 것은 확실한걸."

섹스라는 육체적인 부담과 남자끼리라는 정신적인 부담을 제외하면 치사토는 아마 코요에게 소중히 비호받고 있었다. 비록 그것이 코요 자신의 욕망 때문이었다 해도, 사실이 그렇다.

그런데 지금 자신이 하고 있는 것은 코요에 관한 모든 것에 대한 포기이다. 생활 전반의 뒤치다꺼리도 원래 세계로 돌아가는 것을 거드는 것도, 불안해할 정신적인 케어도 다 내던져 버리고 치시토는 자신이 편해지는 쪽을 선택했다.

이즈미가 나쁜 것은 아니다. 편해지려고 결국 그 손을 잡은 자신이 나쁘다.

"······돌아갈 거야."

"······."

"아키마사가 저쪽으로 돌아갈 때까지 똑똑히······."

"코미야."

갑자기 이즈미가 어깨를 잡았다.

"정말 그거면 된다고 생각하는 거지?"

"이즈미……."

"그 녀석에게 끌려가지 않을 자신이 있어?"

"끌려가, 다니, 나는 그다지……."

이번에야말로 분명하게, 코요가 뻗은 손을 단호히 거절하기만 하면 된다. 말로도 태도로도 이제 절대 코요의 것이되지 않겠다고 전하면, 그 남자라면 반드시 알아줄 것이다.

"……아키마사는 천황이니까. 분명히 냉정하게 생각해줄 거야."

"내가 말하는 것은 너란 말이야."

"아야!"

어깨를 잡은 손에 더욱 힘이 담겨 치사토는 무심코 고통의 목소리를 냈다. 그러나 이즈미는 힘을 빼기는커녕 한층더 바짝 자신에게 끌어당겨, 치사토가 상반신을 이즈미의가슴에 기대는 꼴이 되어 버렸다.

"이, 이즈미?"

"너는 그거면 되는 거지?"

"그거면이라니?"

"그 녀석…… 좋아하는 거 아냐?"

"뭐……?!"

치사토는 반사적으로 몸을 빼려고 했는데 그러지도 못하고, 눈앞에 있는 이즈미의 얼굴을 멍하니 올려다보았다.

'내가 아키마사를?'

단순히 몸만 잇는 관계라고 몇 번이나 코요 자신에게 말해왔고 치사토 자신도 그렇게 생각했다. 보통, 동성에게 연애 감정을 품다니 있을 수 없는 일이고, 억지로 관계를 갖게 되었기 때문에 절대 좋아하게 될 리가 없다고 생각했다.

"내 눈에는 네가 그 녀석을 특별 취급하고 있는 것처럼 보였어. 두 사람 사이에는 특별한 분위기가 있어……."

'그런 게…….'

그것은 이즈미에게 코요의 정체를 들키지 않으려고 필사적이라, 아무래도 태도가 어색했겠지만 단지 그뿐이지, 좋네 싫네 하는 연애 감정은 전혀 없다―없었을 것이다.

"그 녀석이 너를 데려갈 것인가 하는 이야기는 차치하고 너는 그 녀석을 어떻게 생각하고 있어? 정말 아무 생각 없고, 어떻게든 처리하고 싶다고 생각한다면…… 나는 네 힘이 되고 싶어."

"이즈미……."

저쪽 세계와 지금 자신이 있는 세계.

그것을 별개로 치고, 코요를 어떻게 생각하는지는 지금까지 한 번도 생각해 본 적이 없었다. 코요에 대한 마음은 저쪽 세계와는 도저히 떨어뜨릴 수 없어서, '돌아가고 싶지 않아, 그러니까 싫다'는 생각밖에 없었다.

순수하게 좋아하는가 싫어하는가.

다시금 생각하라고 말해도 즉시 대답이 나오지는 않는다.

"나……."

'아키마사를…….'

다음 순간, 치사토는 이즈미의 가슴을 밀치고 벌떡 일어섰다.

"코미야."

"……미안, 돌아갈게."

"코미야!"

이즈미가 불러 세우는 목소리가 들렸지만, 치사토는 뒤돌아보지 않고 계속 달렸다.

집에 돌아왔을 때 어머니의 모습은 없었다. 오늘 일은 쉰다고 하셨으니 아마 쇼핑이라도 하러 나가셨겠지.

치사토는 안심할 수 있는 영역에 혼자 있다는 사실에 온몸에서 힘이 빠져, 거실 소파에 깊숙이 몸을 묻었다.

공원에서 이즈미를 뿌리치고 나서, 휴대 전화를 시골에 놔두고 왔기 때문에 연락을 취할 방도가 없었는지, 집전화의 자동 응답기에 몇 건인가 착신 기록이 있었다. 그 녹음 내용을 도저히 들을 수 없다. 모처럼 이즈미가 먼저 다가와

주었는데 자신의 이기적인 행동 때문에 질려 버렸을지도 모른다고 생각하면, 도저히 버튼을 누를 수가 없었다.

머릿속 한구석으로는 이렇게 될 줄 알고 있었을 것이다. 그래도 그 자리에서 이즈미와 함께 있는 것을 견디지 못하고 도망칠 수밖에 없었다.

"……으아악!"

치사토는 천정을 향해 큰 소리로 외치며 눈을 감았다. 누가 가장 나쁜가—생각할 것도 없다. 모두 자신이 나쁘다.

코요에 대해서도 이즈미에 대해서도 자신을 피해자로 만들어서 도망쳤을 뿐, 제대로 마주한 적이 없다. 모처럼 원래 세계로 돌아왔는데도 저쪽 세계에 있을 때와 마찬가지로 아무것도 하지 않고 누군가의 등 뒤에 숨어 있었다.

이래서야 코요가 짜증을 내는 것도 어쩔 수 없다.

"……."

치사토는 일어나서 전화 앞에 서서는 잠시 가만히 숫자를 바라보았다.

이즈미에게 갑자기 돌아가 버린 데 대해 사과해야 한다. 짧더라도 집에 잘 도착했다고 말하면 이즈미도 분명 안심할 것이다.

그러나.

"네, 코미야입니다."

상냥하고 온화한 목소리. 귀에 들어온 순간 울음이 터질 것 같아서 말이 안 나온다. 치사토가 전화를 한 것은 할머니의 집이었다.

"여보세요."

"아……."

목이 메어서 몇 번이나 침을 삼키자 전화 저쪽에서 웃는 기색이 났다.

"치사토구나."

"하…… 할머니."

"무슨 일이니, 울먹이고 있는데?"

"……미안해요."

드디어 사과의 말이 입에서 나왔다.

"미안해요, 할머니."

"괜찮단다, 넌 아직 아이니까."

치사토는 사정은 전혀 이야기하지 않았는데도 모든 것을 알고 있는 것처럼 용서한다는 할머니의 말을 듣고 결국 참지 못하고 눈물을 흘렸다. 이런 식으로 금방 울음을 터뜨리는 것이 어린아이 같겠지만 그래도 왠지 마음이 놓였다.

"할머니, 할머니……."

"잘 생각하고, 대답이 나오거든 이쪽으로 한 번 오렴."

"……아키마사, 는?"

코요는 어떻게 지내고 있는지, 자신이 없는 동안 할머니와 어떤 이야기를 했는지. 게다가 이곳에 돌아온 이후로 하루 종일 만나지 않았던 것은 처음이라, 그의 상태가 아무래도 궁금했다.

"……치사토."

"왜, 왜요? 무슨 일 있었어요?"

"아키마사 씨는 좋은 사람이란다. 조금 오만한 구석도 있지만, 자신보다 주위를 배려할 줄 아는 사람이고……. 하지만 분명 불안해하고 있겠지."

"……"

"어떤 결과가 되든 얼굴을 보고 똑바로 말하렴. 치사토, 고향은 멀리 떨어져 있어도 잊지 못하는 법이지만, 소중한 사람과 떨어져 있으면 진심으로 웃을 수 없게 된단다. 올바른 답이란 사람 각자에게 있는 것이니 말이다."

천천히 생각하라고 말하고 전화는 할머니가 먼저 끊었다. 치사토는 방금 할머니가 한 말을 여러 번 머릿속에서 반복하고 필사적으로 생각했다.

자신은 여기에 남고 코요는 원래 세계로 돌아가게 한다. 아마도 그것이 맞다.

치사토는 이즈미와 친구로서 상대할 수 있게 된다.

지금은 치사토를 갖고 싶다고 생각하는 코요도, 저쪽으로 돌아가 세월이 지나면 반드시 치사토를 포기하고 새로운 신부를 맞이할 것이다.

'나, 이외의……'

제대로 된 신부가 코요 옆에서 미소 짓는 것이다.

"……어?"

뺨을 타고 흐리는 눈물은 도대체 무슨 의미의 눈물일까.

치사토는 여름 방학 이전, 저쪽 세계에 가지 않았을 올바른 미래를 머릿속에 그리려고 다시 눈을 감았다.

생각하는 사이에 어느새 잠이 들었는지, 치사토가 깨어났을 때에는 소파에 몸을 동그랗게 말고 누워 있었다.

몸에는 이불이 덮여 있고 주방에서는 인기척이 난다. 아무래도 어머니가 돌아와 저녁 식사 준비를 하고 있는 모양이다.

치사토는 눈가를 손으로 문지르고 몸을 일으킨다. 자기 전에 무엇을 생각하고 있었는지 지금 생각해도 기억나지 않지만, 이렇게 의식이 떠올랐을 때 먼저 생각난 것은—

"어머, 일어났니?"

"……응."

거실에 온 어머니는 일어난 치사토를 보고 생긋 웃었다.

"오랜만에 이쪽에 돌아와서 피곤한 거 아냐? 아니면 친구들과 노느라 너무 들떴나?"

이즈미를 친구라고 생각하는 어머니는 치사토를 놀리듯이 웃으며 말한다. 그 말에 걱정 끼치지 않게 대답하려고 하는데 아무리 해도 얼굴이 굳어서, 치사토는 얼굴을 숨기듯이 이불로 입가를 가렸다.

"⋯⋯엄마."

"응?"

"저기, 만약, 내가⋯⋯."

'⋯⋯나⋯⋯?'

치사토는 지금 자신이 하려고 했던 말을 떠올리며 아연실색했다.

반드시 원래 세계로 돌아가겠노라고 빌어서 겨우 돌아왔는데 지금 내가 무슨 생각을 하고 있던 것일까.

'내가 없어지면, 이라니⋯⋯ 그런 건 생각한 적도 없는데⋯⋯.'

만약 어머니의 눈앞에서 자신이 없어져 버리면—얼마나 슬플까. 그렇지 않아도 지금까지 친구 한 명도 집에 데려오지 않고 거의 집 안에 틀어 박혀서 생활하고 있던 탓에 계속 걱정을 끼치던 것을 치사토 자신도 자각하고 있었다.

그래도 아무래도 지울 수 없던 열등감 탓에, 마음속으로는 부모에게도 억지스러운 불평을 했을 정도다.

만약, 그랬던 치사토가 코요와 다시 그 세계로 가버리면 다시 돌아올 수 있다는 보장은 없다. 슬퍼할 부모님과 할머니를 두고서까지 코요를 따라가는 건, 역시 생각할 수 없었다.

그러나 아무리 단호하게 끝을 내려고 해도, 잊으려 해도,

코요라는 존재를 만난 것은 머릿속에서 사라지지 않는다. 차라리 여기에 돌아오는 것과 동시에 기억도 잃어버렸더라면 얼마나 편했을까 하고, 있을 수 없는 것을 생각하고 말 정도였다.

"치사토?"

"……아무것도 아냐."

"왜 그러니? 다시 할머니네 집에 가고 싶어?"

"……."

"치사토, 너 정말 왜 그러니? 친구들과 놀러갔다 오더니…… 사실은 그게 아니었어?"

지금까지 친구와 놀러 간 적도 없었던 치사토의 갑작스런 변화와 지금 이 태도. 어머니는 무슨 문제가 있었던 걸까 하고 걱정스럽게 얼굴을 들여다보았다.

치사토는 똑바로 자신을 보는 그 시선을 차마 보지 못하고 이불에 고개를 푹 파묻으면서 괜찮다고 되뇌었다.

"조금 피곤해서 그래요."

"하지만……."

"진짜라니깐."

커뮤니케이션을 하는 게 서툴러도 지금까지 부모님에게 반항한 적이 없는 치사토의 이 완고한 태도에 어머니도 뭔가 생각하는 구석이 있었던 모양이다.

머리를 쓰다듬는 기색이 느껴지더니 이어서 부드럽게 등

을 톡톡 도닥였다.

"머지않아 멀리 갈 것은 알고 있지만 좀 더 곁에 있어주렴."

"엄마……."

"자, 밥 해야지."

치사토는 어머니가 떠나는 기척을 느끼고 슬그머니 고개를 들었다. 거실에서 보이는 주방에 서서 등을 돌린 어머니가 자신과 아버지를 위해 요리를 해주고 있었다.

'나는 어떻게 하면 좋을까…….'

부모님과 할머니, 소중한 사람들을 두고 갈 수는 없다.

마음은 정해져 있는데, 왜 이렇게 가슴이 술렁이는 걸까.

치사토는 저녁 식사가 끝나고도 아직 가슴속이 꽉 막힌 기분 그대로였다.

그 후 이즈미의 전화를 어머니가 받는 바람에 곧바로 끊을 수도 없어서 이야기를 조금 했다.

"이래저래 내 마음을 억지로 강요해서 미안."

"하지만 네가 여기에서, 이 세상에서 사라진다는 건 생각할 수 없으니까."

뜻하지 않게 사과한 이즈미는 마음대로 돌아가 버린 치사토를 비난하지 않고, 담담하게 자기 마음을 전했다.

치사토는 그저 고개를 끄덕일 수밖에 없었지만, 이즈미

는 어떻게든 납득해 주었다고 생각한다. 애초에 이즈미와 이런 이야기를 할 수 있게 되다니 며칠 전까지는 생각도 못 했다.

어째서인지는 다시 한 번 생각할 필요도 없다.

그것은 저쪽 세계에 가서 코요라는 남자를 만났기 때문 이다. 절박했기 때문이라고 해도 자신의 의사를 제대로 말 하고 기탄없이 말다툼(일방적이었는지도 모르지만)할 수 있었 기 때문에 자신은 변화할 수 있었다.

그렇게 생각하면 역시 코요의 존재는 크다.

"……."

시계를 보니, 이제 밤 열 시를 지나는 무렵이다. 아버지 는 일 관계로 전화를 하느라 서재에 가고 어머니는 목욕을 하고 있다.

혼자 남겨진 거실에서 전화 앞에 우뚝 서 있던 치사토는 겨우 수화기를 들었다. 할머니와 다시 한 번 이야기를 하고 싶었다.

일찌감치 자기 방으로 가는 할머니가 이 시간에 전화를 받아줄까 걱정했지만, 그 우려는 여섯 번째 신호음이 끊어 진 때 산산조각 났다.

"네, 코미야입니다."

바라고 있었으면서도, 할머니의 목소리를 들으니 침착 치 않은 기분이 든다.

"······할머니, 저, 치사토예요."

"무슨 일이니?"

"······나······."

'할머니에게 무슨 이야기를 하려고······.'

목소리를 듣고 싶었을 뿐인지도 모른다. 하지만 막상 이렇게 통화를 하게 되니 무슨 말을 해야 할지 알 수가 없어서 말을 더듬대고 만다. 원래 치사토도 할머니도 말수가 많은 편은 아니고, 치사토가 이런 시간에 전화를 걸었으니, 용무가 있는 것이라고 생각해도 어쩔 수 없는지라 어떻게든 이야기하려고 입을 열었다.

"저기······."

그런데 다음 말이 나오지 않는다.

"저기, 나······."

"······."

"······으."

"······."

"아, 아키마사, 는?"

다급해져서 입을 타고 나온 말은 묻지 않으려고 일부러 외면하고 있었던 코요의 이름이었다.

낯선 세계에 홀로 남겨진데다 이즈미와의 관계도 왠지 오해하고 있었다. 얼마나 화가 났을지 상태를 묻기도 무서웠지만, 그래도 무시할 수 없는 문제라는 것 또한 사실이었다.

"바꿔줄까?"

"어, 아, 잠깐만요, 저!"

지금 무엇을 말해야 할지 전혀 떠오르지 않고, 치사토는 한순간 수화기를 놓으려고 했다. 그러나 도저히 그 기세 그대로 끊을 수가 없다. 아니, 오히려 코요가 지금 무엇을 하고 있는지, 목소리를 듣기만 해도 알 수 있을지도 모른다는 마음이 컸다.

'틀림없이 화났겠지.'

안 그래도 천상천하 유아독존인 그 남자이니, 마음대로 돌아가 버린 것을 힐책하며 얼른 돌아오라고 말하지는 않을까 생각했다.

"치사토."

"!"

단 하루였다. 단 하루밖에 지나지 않았는데 치사토는 귀에 울리는 목소리를 듣기만 해도 마음이 떨리고 만다.

상상했던 것과는 달리, 코요의 목소리에 분노가 깃들지 않은 것처럼 들렸다. 놀라울 정도로 차분한, 그러면서도 부드러운 목소리. 자기를 두고 떠나 버린 상대에게 어떻게 이런 식으로 이야기할 수 있는가. 생각과는 전혀 다른 반응에 치사토는 당황했다.

"네가 고향에 돌아가고 싶다고 했던 기분은 잘 안다."

"어……."

"우리나라와는 전혀 다르니 말이다. 그리워서 참지 못하고 우는 마음을 내가 미처 헤아리지 못했구나."

설마 코요가 그런 말을 할 줄은 몰랐던 치사토는 그만 말문이 막혔다.

갑자기 집에 돌아온 것은 사과해도 절대로 코요와 함께 그쪽 세계로 가는 일은 없다고 강하게 말할 생각이었는데, 그런 치사토의 마음을 예측하고 말하는 것만 같았다.

"허나 치사토, 나는 너를 데리고 돌아가기를 포기하지 않았느니라. 네가 우는 것도 싫어하는 것도 괴로운 마음이다만 네가 옆에 없는 괴로움보다는 훨씬 낫다."

온화한 어조이기에 코요가 얼마나 신심인지 가슴 아플 정도로 전해진다.

치사토는 간신히 받아쳤다.

"……내가 아무리 싫다고 해도?"

"그렇다."

"……데리고 돌아가도 여러 번 도망칠지도 모르, 는데?"

"몇 번이라도 너를 채어가기 위해 갈 게다."

"……."

치사토가 아무리 반발해도 도망쳐도 반드시 쫓아온다는 남자의 말. 무섭고 대체 왜냐는 의문이 대부분을 차지하는데, 마음속 한구석으로는 안도하는 이유는 무엇일까.

"나는…… 당신 뜻대로는 되지 않을 거야."

"왈가닥이 재미도 더하지."

"……당신, 바보지?"

"그렇다 해도 상관없다."

"……."

"도망쳐도 좋다, 치사토. 너의 마음을 내가 막을 수 없 듯, 내 마음도 또한 네가 막을 수 없으니 말이다."

치사토는 그 이상 아무 말도 못하고 그대로 수화기를 놓 았다. 이렇게 전화를 끊어버리면 코요의 목소리는 들리지 않는다. 하지만 지금 당당히 말한 그 말은 치사토의 가슴에 깊이 꽂혀 있었다.

코요가 한 말은 그의 마음 그 자체라고 생각한다. 치사토 가 무섭다고 느낄 정도로 코요는 자신에게 집착하고 있다. 이대로 코요만 원래 세계로 돌려보낼 수 있다고 해도, 어떤 수단을 써서라도 다시 한 번 데리러 온다—아마도, 아니, 반드시 그럴 것이다.

"나는……."

'나는, 아키마사를…….'

원래 세계로 돌아가면 그것으로 모든 것이 끝난다고 생 각했다. 하지만 사태는 여전히 계속되고 있다.

코요가 치사토를 포기할 때까지.

치사토가 도망치는 것을 포기할 때까지.

어느 쪽 가능성이 더 높을까.

"치사토."

이미 귀에 익은 목소리가 몇 번이고 머릿속에 되살아난다. 그것을 불쾌하게 생각하지 않는 자신이 싫다.

그래도 마지막에 결정해야 하는 것은 자신이라고, 치사토는 큰 한숨을 쉬고 눈을 감았다.

거의 잠도 못 든 채 동이 크고 말았다.

치사토는 커튼을 열고 차츰 밝아오는 하늘을 바라본다. 이 하늘은 시골까지 이어져 있다.

"……."

계단을 내려 거실로 가자 아버지가 신문을 읽고 있었다.

"잘 잤니? 일찍 일어났구나."

"……안녕히 주무셨어요."

지금까지와 변함없는 일상. 이 일상이 앞으로도 계속 이어지리라고 당연한 양 생각하고 있었다. 그러나 그것은 지금의 자신이기에 느끼는 것이다. 얼마 전의 자신이었더라면, 그 이상한 세계에 끌려가기 전의 자신이라면 이 일상을 따분하고 무의미한 것으로밖에 느끼지 않았을 것이다.

"……저기, 아빠."

"응?"

"……"

"무슨 일이야?"

"……내가 결혼했다고 하면…… 어떻게 생각해요?"

말을 하고 나서, 이 무슨 어리석은 질문을 했을까 하고 곧바로 후회했다. 하지만 아버지는 그런 치사토의 말을 듣고 웃지 않고 잠시 생각한 후 눈가에 주름을 지으며 말했다.

"지금 치사토를 보면 상상할 수 없지만, 너에게 정말 소중한 사람이 생기면 좋겠구나."

"하지만, 하지만 그렇게 되면 아빠엄마랑 떨어지는데요?"

"그래도 너의 곁에 너의 소중한 사람이 있지 않겠니? 부모는 계속 곁에 있을 수 없는데다, 자식이 행복하면 부모는 기쁜 법이란다."

하긴, 한참 미래의 일이겠지만, 이라고 말하면서 웃는 아버지는 지금 치사토의 말을 가정의 이야기로만 듣고 있다. 만약 지금 치사토가 없어져 버리면 그야말로 걱정하고 불안해하고 방방곡곡을 샅샅이 찾아다닐 것이다.

지금 치사토가 손에 쥘 수 있는 것은 하나뿐이다. 부모님 곁이라는 안온한 세계. 거기에서 뛰쳐나갈 용기는 없다.

이야기는 거기서 끝내도 좋을 텐데, 그다음을 생각하고

마는 이유는 뭘까?

"치사토."

아버지와도, 어머니와도, 할머니와도 다른 목소리로 자신의 이름을 부르는 목소리. 그 목소리에 너무나 큰 자애가 담겨 있기에 이렇게 고민하고 마는 것이다.
'······지금, 나는······.'

*   *   *

낯선 이국에 내던져졌는데, 코요의 마음속에 불안은 없었다. 물론 치사토가 옆에 없다는 데 애가 타기도 했지만, 반드시 여기로 돌아오리라는 확신에 가까운 묘한 마음이 있어서 그런지 신기하게도 차분했다.
갑자기 이즈미와 돌아가 버린 치사토에 대해, 코요에게 사과하는 할머니도 평소와 다름없는 분위기를 띠고 있었다.
그리고 정신이 들고 보면 코요는 십 문 앞에 서서 계속 길 건너편을 보고 있다. 치사토가 돌아온다는 보장은 없었지만 그래도 이렇게 기다리는 것이 자신이 할 수 있는 일이라고 생각했다.

"아키마사 씨."

치사토가 없어진 이후 이틀째 아침, 아침 식사도 하지 않고 밖으로 나와 있었던 코요는 이름을 부르는 소리에 시선을 돌린다. 치사토의 할머니가 주먹밥을 들고 서 있었다.

"배고프지요?"

"아니, 상관하지 않아도 되오."

"······내가 아무리 싫다고 해도?"

"······데리고 돌아가도 여러 번 도망칠지도 모르, 는데?"

어젯밤, 괴로운 듯이 호소한 치사토의 마음을 생각하면, 태평하게 식사나 할 기분이 아니었다.

자신이 치사토에게 요구하는 것이 얼마나 가혹하고 힘든 일인지는 알고 있다. 만약 코요에게 이 땅에 머물러 달라는 요구를 한다면 즉시 거절할 것이고, 치사토에게만 무리를 강요해도 순순히 고개를 끄덕이지 않는 것은 이해하고 있다.

이즈미의 존재는 이른 바 계기에 지나지 않고, 코요로서는 치사토가 먼저 상대해 주지 않는다면 그다지 문제 삼을 남자는 아니라고 생각한다.

고향에 돌아오고 나서 치사토는 할머니를 상대로 사랑스러운 미소를 짓는 때가 많았다.

코요가 모르는 것을, 기막힘 반 자랑 반으로 설명해 주고, 그가 이해하면 어딘가 기쁜 듯이 웃는 것도 봤다.

치사토에게는 여기에 있는 것이 정상이고, 코요가 사는 나라에 내려가는 것이야말로 세상의 이치에 어긋나는 일일지도 모른다.

그래도 놓아줄 수 없다.

절대로 포기하지 않는다.

지금까지의 코요라면 가지고 있는 권력을 사용해 사람의 인생을 바꾸는 것은 간단했다. 물론 사욕으로 움직인 적은 거의 없다고 생각하지만, 그래도 당연하게 자신의 힘을 이용하여 온 것은 사실이다.

하지만 이번에 한해서는…… 치사토만은 본인의 의사로 곁에 있어주기를 강하게 바랐다. 그러기 위해서는 얼마나 시간이 걸리든 상관없다.

분한 것은 여기에서는 자유롭게 움직일 수 없다는 것이다. 말 한 마리만 있다면 치사토를 쫓아가 설득할 수 있었을지도 모르지만, 지금은 그저 여기에서 기다리는 수밖에 없다

이 천계에서 자신은 너무나 무력하다.

그런 생각을 하던 코요는 문득 아직도 옆에 선 할머니의 존재를 깨달았다. 치사토가 없다는 것을 미안하게 생각하고 있겠지만 그녀를 탓할 생각은 추호도 없다.

"조모님, 집에 돌아와 쉬어도 상관없소. 나는 스스로 바라고 여기 서 있을 뿐이니."

"치사토를 기다리는 거지요?"

"곁으로 돌아왔다가 도로 돌아가면 못 견딜 테니 말이오."

무심코 속내를 토로하자 할머니는 즐겁게 후후후 웃었다.

"설마 당신의 그런 모습을 볼 수 있을 줄은 꿈에도 몰랐어요."

"……조모님?"

할머니의 말 속에서 뭔가 걸리는 것을 느끼고, 코요는 무심코 그 모습을 내려다보았다. 치사토보다 다소 키는 작지만 등은 곧게 뻗어 자세가 바르고, 그 행동은 어딘가 기품 있는 정취를 느끼게 했다.

'……어디선가…….'

이 또래의 나이 든 여자는 코요 주위에 거의 없기 때문에 기시감을 느낄 대상은 없을 텐데. 애초에 처음부터 받아준 사람이고, 무엇보다도 치사토 할머니라는 이유로 코요 자신도 호의적인 마음밖에 들지 않았다.

신기하게 그것뿐만이 아니라고 확신했다.

"조모님."

"예."

"당신……."

잠시 그 연륜이 새겨진 얼굴을 응시하던 코요는 문득,

"……코토노(琴乃)?"

오랫동안 부르지 않았던 이름을 입에 올리고 있었다.

그러나 그렇게 말은 했지만, 코요 자신도 바보 같은 소리라고, 금세 자신의 생각을 지웠다. 여기에 그 사람이 있을 리가 없는 것이다.

지금 여기에서 그 이름을 부를 이유는 전혀 없다.

'벌써 오 년이나 지났거늘…….'

마지막으로 본 것은 창백하고 야윈 모습. 머리맡에 앉은 코요에게 가녀린 목소리로 '송구스럽사옵니다'라고 사과했다. 그 후, '황자를 아무쪼록 잘 부탁하옵니다'라고 전하고, 급변한 용태에 허둥대는 동안 어의가 퇴석을 재촉했다.

천황이라는 고귀한 신분인 코요가 병자를 간호하는 것은 용납되지 않았다. 부정탈지도 모른다며, 같은 관내라도 가장 멀리 떨어진 장소에서 아내였던 사람의 죽음을 들었던 것이다.

그 후에도 사원에서 성대한 장례식이 열린 때 참식했지만, 그 후 화장에는 따라가지 않았다. 지금 처음 깨달았지만, 코요는 영면에 든 아내의 모습을 보지 못했다.

"……."

지금 눈앞에 있는 것은 치사토의 할머니다. 그의 아버지의 부모답게 나이도 예순을 넘었을 것이다. 그런 노인이 아내일 리가 없다— 하지만.

"자네, 설마……."

"……."

"설마……."

어려서부터 코요와 결혼하는 것이 정해져 있었다. 그대로 무사히 혼례를 올리고 제일 신분 높은 여성이 되었음에도 불구하고 겸허하고, 코요에 대해서도 항상 조심스러운 태도로 대하던 아내.

생각해 보면 치사토처럼 마음껏 감정을 부딪치거나 하지도 않았고, 성교도 수동적이기만 했던 아내.

솔직하게 말하면 코요도 그녀를 사랑했던 것은 아니다. 어려서 처음 만났던 탓인지 여동생으로밖에 여겨지지 않던 상대다. 그래도 죽었을 때는 슬펐고 즉시 다음의 아내를 맞이하려는 생각이 들지 않았을 정도로는 침울해졌다.

그러나 그 몸도 마음도 속박하고 싶었던 것은 진실로 치사토뿐이다.

이미 추억이 된 아내가 여기에, 그것도 평온하게 나이 든 모습으로 나타날 리 없다. 일반적인 시간의 흐름을 감안하면 아내는, 코토노는 아직 스물다섯일 것이다.

"코토노?"

되돌아오는 것은 당연히 부정하는 말인 줄 알았는데—

"폐하."

"……!"

"무탈하신 모습을 뵙게 되어 참으로 기쁘옵니다."

그렇게 말하고 고개를 숙이는 깔끔한 모습이 과거 아내의 코토노의 모습과 겹쳐진다.

"자네, 왜…… 아니, 살아 있었는가."

"저는 한번 죽었습니다. 그리고 어떤 분의 손에 의해 소생한 것입니다."

"한번 죽었다고?"

"예."

치사토의 할머니, 아니, 아내였던 코토노는 자신의 몸에 일어난 이상한 사건을 이야기해 주었다.

그에 따르면 코요가 마지막으로 찾아온 그날 밤 코토노는 어린 아들을 남기고 꺼져가는 목숨을 한탄하며 발작적으로 광려전의 연못에 뛰어든 모양이다 .

코요는 마침 광려전을 비워서 그 소란은 몰랐지만 지금부터 생각하면 신하도 궁녀도 승려들조차도 이상하게 긴장된 기색으로 장례식을 거행했던 것 같다. 한 번쯤은 얼굴을 보고 싶다고 해도 미련을 가져서 망자의 영혼을 방황하게 해서는 안 된다는 말을 듣고 포기했을 정도다.

연못에 뛰어든 후 죽은 줄 알았던 코토노가 깨어난 것은 역시 그 창고였고, 빈사 상태인 코토노를 발견한 것은 치사토의 할아버지였다.

"이미 죽음을 각오하고 있던 저는 숨김없이 모든 것을 타츠오 씨에게 말했습니다. 하지만 손쓸 도리가 없던 그 병은 이 세상에서는 고칠 수 있는 것이었습니다."

그는 놀랍게도 코토노의 이야기를 농담이라고 생각지 않고 순순히 모두 믿어주었다. 게다가 코토노를 보호하겠다고 나선 모양이다.

쇠약했던 코토노의 몸은 의사의 능력과 타츠오의 헌신적인 간호로 회복되었다. 아직 젊기 때문에 회복도 빨랐던 것 같다.

그러나 죽음으로부터 멀어지자마자 코토노를 덮친 것은 두고 온 어린 아들에 대한 미련이었다. 배를 아파 낳았는데 왜 남기고 왔는가……. 그것을 생각하기만 해도 코토노는 수도 없이 죽고 싶은 마음에 시달렸다.

타츠오는 그런 코토노에게 자신의 아들을 만나게 했다. 어머니가 죽은 지 이 년 지난, 한창 장난칠 나이인 세 살배기 소년.

그것이 치사토의 아버지였다.

갑자기 나타난 기모노 차림의 죽어가는 젊은 여자를 구한 타츠오는, 그저 죽게 두고 싶지 않았기 때문이라고 웃었다.

그다음, 남기고 온 아이를 위해서도 스스로 목숨을 끊는

바보 같은 짓은 절대 하지 말라고 꾸짖었다.

그리고 정체불명의 코토노를 일 년간 말없이 보살펴 준후, 얼굴을 새빨갛게 물들이고 함께 살고 싶다고 이야기해주었다.

"저는 낯선 세계에서 살아가는 데 필사적이었습니다. 타츠오 씨가 상냥하게 나를 돌보아 주던 것은 잘 알고 있었지만, 설마 함께 살 줄은 생각도 해보지 않았습니다. 그래도 이제 곧 세 살이 되는 타츠오 씨의 아들을 앞에 두고, 그 아이가 저를 '엄마'라고 불러 준 것을 듣고, 두고 온 아이가…… 카즈아키(和彰)가 떠올라서……."

"코토노……."

"처음에는 살아가는 데 타츠오 씨의 도움이 없으면 안된다는 생각에 곁에 있었습니다. 하지만 그 이후로 조금씩조금씩 그를 사랑하게 되었습니다."

"……."

"이 세계에 와서 사십 년 정도 됩니다. 이제 저쪽 세계에서 살아온 두 배 가까이의 시간을, 저는 이 나라에서 타츠오 씨의 곁에서 살아 왔습니다. 정말, 너무나 행복한 인생입니다."

말 이상으로 그 눈빛이 충실한 삶을 말해주고 있었다.

코요는 자신보다 나이가 어렸던 코토노가 갑자기 할머니 정도의 나이가 되어 눈앞에 나타난 것에 순간 당황은 했지만, 그 인생이 풍요로웠던 것을 솔직하게 잘됐다고 생각할 수 있었다.

코요의 곁에서는 그저 죽음을 기다리는 수밖에 없었던 코토노가 이쪽 나라에 와서 수명을 누리고 있다는 것도 하늘의 뜻인지도 모른다.

"카즈아키는 이제 여덟 살이 되었느니라."

카즈아키의 이름을 입에 올리자 코토노의 얼굴이 바로 어머니의 얼굴이 되었다.

"자네가 죽은 것을 슬퍼하고 있지만, 동궁으로 훌륭하게 성장하고 있네. 내게도 아들은 그 아이밖에 없으니, 그 장래를 염려할 일은 없느니라."

어머니라는 최대의 아군이 없어졌다 하더라도 카즈아키의 미래는 보장한다. 코요의 단호한 말에 코토노는 눈물을 글썽이며 몇 번이나 고개를 끄덕였다.

"성은이 망극하옵니다."

"아니, 참으로 놀랐지만⋯⋯ 나도 자네가 살아 있다는 것을 기쁘게 생각하네."

한결같은 애정을 쏟지 못했기에 더욱 마음속 한구석에는 쇠책감이 남아 있었시만, 코토노는 이 세상에서 사랑하는 사람과 만난 것이다. 그것이 치사토의 할아버지, 아버지였다니 정말 운명이라는 생각밖에 들지 않는다.

게다가 코토노의 어머니로서의 마음도 의심하지 않는

다. 이 세계에서 아이를 낳지 않았다는 것은 두고 온 카즈
아키를 소중히 생각했기에 한 일이라는 것을 알기 때문이
다.

"왜 코토노라고 말하지 않았는가?"

"저쪽 세계에서 저는 죽은 몸. 이곳에서 살아간다고 결
정했을 때 타츠오 씨가 새 이름을 지어주셨습니다."

"그랬느냐."

마주 보고 있는 두 사람은 틀림없는 부부였지만 지금은
남매 같은 마음밖에 들지 않는다. 살아 있어서 다행이라고
생각은 하지만 부부로서의 감정은 벌써 예전에 사라졌다.

"자네가 우리나라 태생이라는 것을 치사토는 모르는 게
지?"

"예. 모든 것을 알고 있던 시부모님과 남편이 세상을 떠
난 지금, 과거를 아는 사람은 한 명도 없습니다."

그래도, 이게 무슨 별난 우연일까.

아내였던 코토노가 신비한 힘에 이끌려 이 나라에 오고,
이번에는 치사토가 코요 앞에 나타났다. 그런 치사토에게
자신이 매료된 것은 당연하다고밖에 말할 수 없다.

아니, 오히려 코토노는 자신들의 관계를 은근히 인정해
주고 있던 것이 아닌가. 솔직히 그것이 이상하게 여겨졌다.

"코토노, 내가 치사토를 아내로 삼은 것을 책망하지 않
느냐?"

코요는 설명을 모두 생략하고 단도직입적으로 물어본다.

"자네가 사랑하는 동반자의 손자가 아닌가. 소중한 남자이기도 한 치사토가 나와 결혼했다는 것은 자네는 증손자의 얼굴을 볼 수 없다는 것인데 말이지."

결혼이라는 말을 듣고 아무리 코토노라도 깜짝 놀라서 눈을 깜박였다.

코요의 치사토에 대한 마음은 눈치챘어도 설마 그 정도일 줄은 몰랐는지도 모른다.

물론 만일 여기서 코토노가 반대해도 치사토를 포기할 생각은 추호도 없지만, 그래도 이 세계에서의 삶을 중요하게 생각하고 있을 상대에게 예를 다해야 하지 않을까 생각하고 있다.

하지만 짧지만 부부로서 지낸 코토노는 코요의 성미를 아직도 잘 기억하고 있는 모양이다.

"제가 무슨 말을 하건 폐하의 마음은 변하지 않겠지요?"

"……그렇다."

"저는 폐하께옵서 자상하다는 사실을 알고 있습니다. 눈빛이 약간 차갑나는 생각도 했시만 치사토에 내해서는 나른 모양이고요. 제가 잘못 보았을까요?"

이것이 정말 아내였던 코토노일까.

코요와 단둘일 때는 거의 먼저 말을 걸지도 않고 대화를 해도 작은 목소리로 짧은 대답밖에 안 했던 것 같다. 그런데 지금은 똑바로 이쪽을 바라보고, 천천히 온화하게, 자신의 뜻을 분명히 말한다.

이 땅에서 코토노는 정말 변한 것 같다.

"자네 앞에서는 말도 흐리지 못하겠군."

무심코 쓴웃음 짓고 말하자 코토노도 후훗 웃었다.

"저에게 푸근한 애정을 준 폐하와 치사토를 격렬하게 원하는 폐하가 같은 분이라고는 생각되지 않을 정도입니다. 그렇기에…… 저는 당신을 막을 생각은 없습니다."

'말린다고 들을 분이 아니잖아요?' 라는 말을 들으면 그야말로 그렇다고 수긍할 수밖에 없다.

"자, 아침 식사를 하시지요. 그 아이는 겉보기와는 달리 고집이 세니 좀처럼 뜻대로 되지 않습니다. 기다리려면 배를 채워둘 필요가 있지 않겠습니까?"

"……그렇군."

동이 트기 전부터 여기 서 있어도 치사토가 돌아온다는 확증은 없다. 그래도 기다리기로 결정했다면, 장기전을 각오하고 전략을 짜는 것이 좋을 것이다.

"그렇다 치더라도, 자네가 요리를 할 줄이야."

'그저 치사토의 할머니' 라는 착각이 사라지자 아무것도 할 줄 몰랐던 규수였던 코토노의 변화는 놀라웠다.

하지만 그것도 당연한 일일지도 모른다. 코요가 코토노

를 잃고 나서는 오 년밖에 지나지 않았지만, 코토노에게는
사십 년의 시간이 지나갔다.

"폐하도 금방 배우실 수 있답니다."

"내가?"

"치사토도 놀라겠지요."

"……."

"농담이에요."

"심장에 나쁘다."

겨우 코토노가 놀린 것이라는 것을 알아차리고 코요는
안도의 한숨을 내쉬었다.

치사토 할머니가 전처인 코토노라는 것을 알고, 코요의
긴장감은 다소 풀렸다. 알고 지낸 상대가 옆에 있다는 것은
든든하고, 애초에 치사토를 기다리는 데에는 망설임이 없
었다.

아침 식사를 마친 코요는 코토노에게 양해를 구하고 창
고에 들어갔다. 항상 치사토와 함께 안에 들어왔기 때문에
이렇게 혼자 있기는 것은 처음이다.

'여기가 내가 다스리는 세상과 이어져 있는가.'

어떤 구조인지는 알 수 없다. 하지만 치사토뿐만 아니라
코토노까지 왕래할 수 있었다는 것은 이상한 힘이 작용하
고 있는 것은 확실하다.

익숙한 궤 앞에 앉아 다시 천천히 손을 넣어본다.

"……."

'변화가 없구나.'

일전에는 확실히 자신의 손끝이 어둠 속에 투명하게 비쳐 보였는데, 오늘은 궤 바닥에 손이 확실히 닿았다. 아무런 특색도 없는 큰 궤는 단순히 큰 상자가 되어버렸다.

언제.

어떤 요소로.

이 궤가 자신의 세계로 통하게 되는지, 그 계기를 확실하게 모르는 이상 코요도 섣불리 움직일 수 없다.

"그러고 보니 치사토가 날짜를 신경 썼지……."

피로연을 맞이하기 전후, 마치 시간에 쫓기는 듯한 모습을 보였던 것 같다.

당일도 그토록 삼엄한 경비의 틈을 뚫고 감쪽같이 연못에 뛰어들어 이쪽 세계로 돌아와 버렸다. 하지만 말을 바꾸면, 그날, 그 밤이어야 했던 것은 아닐까.

'내 기억하기로는…… 보름달이었다.'

코요는 작은 창을 통해 바깥을 쳐다본다. 거기에는 눈부신 태양은 있지만, 당연히 달은 보이지 않는다.

이쪽 세계의 밤하늘을 보지 않았기 때문에 지금은 달이 어떤 형태인지 알 수 없었다. 스스로는 침착하다고 생각했지만 의외로 주위가 잘 보이지 않았던 것 같다.

'어쩔 수 없지. 오늘 밤에 확인해 보는 수밖에 없구나.'

치사토를 데리고 가는 것은 결정된 사항이므로 만약 그 전에 요인을 알아도 움직일 수 없지만, 확인해 두는 것은 나쁜 일이 아니다.

코요는 다시 창고 안을 둘러보고 나서 느긋한 걸음으로 밖으로 나왔다.

낯선 세계를 돌아다니는 것은 피하는 것이 좋겠지만 그렇게 되면 코요가 할 수 있는 일은 거의 없다. 자신이 신체를 움직이는 것은 마다하지 않지만, 코토노는 사양하고 아무 말도 하지 않는다.

그렇게 되면 정말 치사토를 기다릴 수밖에 없다. 찌는 듯한 더위 속에서 문기둥에 등을 기대고 다시 치사토가 찾아오기를 기다린다.

"……당신, 바보지?"

기다리겠노라고 말한 자신에게 떨리는 목소리로 그렇게 대답했던 치사토. 그 목소리 속에 싫어하는 기색은 없었다. 그 소리를 듣고 안아주고 싶다고 강하게 바랐는데 두 사람의 거리는 상당히 떨어져 있는 모양이다.

이렇게 가까이서 들리는 목소리인데, 결코 손이 닿지 않는 장소에 있는 치사토. 그것을 안타깝게 생각하는 것이 자신만은 아니리라 믿고 싶다.

"어머나."

밭에 가는 건지, 몸치장을 마친 코토노가 정원으로 나왔다.

이렇게 보면 정말로 천황의 아내였던 귀족 아가씨라는 생각은 전혀 들지 않는다.

코요는 병약한 코토노의 몸을 떠올리고 말을 걸었다.

"내가 도울까."

"아뇨, 당치도 않습니다."

"나는 도움이 되지 않느냐?"

"그저 제가 황송해서 그렇죠. 폐하께옵서는…… 아키마사 씨는 아무것도 하지 않아도 괜찮아요."

"……그런가."

일부러 이름을 바꾸어 말하는 코토노를 보고 미소가 새어나온다. 이 세상의 코토노는 어디까지나 치사토의 할머니라는 입장을 고수하는 것이다.

"무슨 일이 있거든 말해주시오, 조모님."

그래서 코요도 그렇게 대답했다. 살아 있어서 기쁘지만 코토노는…… 눈앞에 있는 자는 치사토의 할머니다.

"감사합니다."

그 모습이 밭쪽으로 사라지자 코요는 시선을 다시 회색 도로 저편으로 돌렸다. 얼마나 기다려야 사랑스러운 존재는 돌아와 줄까.

어쩌면 아무리 기다려도 눈앞에 나타나지 않는 것은 아닐까.

─아니.

'치사토는 올 게다.'

태양이 머리 꼭대기로 올라가 더위가 점점 더하고, 이윽고 하늘이 발그스름하게 물드는 무렵이 되어도 포기할 일은 없다.

'오늘은 돌아오지 않아도 내일은…… 분명.'

어떻게 이렇게 근거 없는 확신을 가질 수 있는지, 코요 자신도 모른다. 그저 치사토와 겨우 이걸로 인연이 끊어지리라고는 꿈에도 생각지 않을 정도로 깊이, 깊이 사랑하고 있는 것이다.

"이제 슬슬 조모님이 돌아오실 무렵인가."

아무것도 하지 않아도 된다고 말했지만, 손에 든 짐을 들어주는 정도는 해도 되겠지.

코요는 밭쪽으로 몸을 돌리고 코토노를 마중 나가기 위해 걸어가려 했다.

"……."

타다닥.

'……응?'

희미하게 들려온 소리. 이것은 달리는 발소리가 아닐까.

"......!"

그답지도 않게 황급히 뒤돌아본 코요의 눈에, 인적이 없었던 도로 건너편에서부터 애타게 기다려 온 모습이 들어왔다.

＊　　＊　　＊

돌아와서 무슨 말을 할지 아직 전혀 머릿속에서 정하지 못했다.

어쩌면 중간에 다리가 멈춰 버릴지도 모른다고 생각했고, 코요의 얼굴을 본 순간 이유도 모르고 고함을 치고 말지도 모른다고 두려워했다.

그래도 이대로 집에 있다가 원래의 생활로 돌아간다는 것은 도저히 할 수 없다.

코요를 만나기 이전의 자신으로는 도저히 돌아갈 수 없었던 것이다.

"......헉, 헉."

치사토는 할머니의 집 근처 버스 정류장에서 내려 걷지 않고 그대로 달리기 시작했다. 차분히 생각하는 것보다는 단숨에 행동하는 것이 아무것도 생각지 않아도 된다고 여겼기 때문이다.

높았던 햇살은 이미 기울어져 여름 특유의 긴 석양이 주위를 비추고 있었다.

그리고—

"……허억, 허억, 허억."

할머니 집의 문이 보였을 때 동시에 키 큰 남자의 뒷모습이 눈에 들어왔다. 생각지 않아도 안다, 저것은 코요다.

아직 오십 미터는 떨어져 있는 데 자신의 발소리도 숨결도 들릴 리가 없는데, 코요는 마치 누군가에게 불린 것처럼 이쪽을 돌아보았다.

"……아키마사……."

치사토도 발걸음을 멈추고 아직 헐떡이는 숨을 어떻게든 고르려고 필사적이었다. 자신만이 동요하고 있다고 여겨지는 게 싫어서 필사적으로 아무렇지 않은 척 하려고 했다.

'어째서, 저런 데 있는 거야?!'

할머니의 집에 있으리라고 각오는 하고 있었지만, 설마 문 앞에 있을 줄은 몰랐다. 저렇게 서서, 이름을 부르지도 않았는데 돌아서다니……. 마치 치사토가 돌아올 것을 그 장소에서 기다리고 있었다는 생각밖에 안 들잖아.

'진정해…… 진정, 치사토…….'

여기에서 다음 말로, 행동으로 앞으로 어느 쪽이 우위인지가 결정된다. 절대로 코요에게 지고 싶지 않다.

이렇게 시비조로 생각하고 있기 때문에 결국 의견 충돌을 한다는 것을 알고 있지만, 이제 와서 이 성격은 바꿀 수 없다.

치사토는 마지막으로 크게 심호흡을 하고 천천히 할머니의 집을 목표로 걷기 시작한다. 뺨은 뜨겁고 다리는 떨렸지만, 이것은 전쟁을 앞둔 무사의 긴장감이라고 여러 번 자신을 타이르고, 의식하며 걸어가서 결국 이쪽을 보고 있는 코요의 오 미터 정도 앞에서 멈춰 섰다.

"……으."

계속 이쪽을 보고 있던 코요의 눈빛이, 치사토와 시선이 마주친 순간에 가늘게 좁혀졌다. 안도감과 기쁨을 머금은 그 표정을 본 치사토는 자신이 더 부끄러워졌다.

"……."

"……."

잠시 동안은 어느 쪽도 이야기를 꺼내지 않았다. 아니, 코요는 모르겠지만, 치사토는 목에 목소리가 붙어 좀처럼 말이 나오지 않았던 것이다.

그러자 눈앞의 코요가 한 걸음 발을 내디뎠다. 그가 다가온다고 생각한 순간 치사토는 무의식적으로 한 걸음 뒷걸음질 쳤다.

"치사토."

"……!"

"잘 돌아왔구나."

그렇게 되기를 원했던 주제에, 어쩌면 치사토가 돌아올

줄은 몰랐던 것일까. 코요를 놔두고 떠난 것은 사실이고 치사토는 욱신대는 죄책감에 주먹을 꽉 쥐었다.

하지만 아무리 해도 이만큼 시간이 걸리고 만 것이다. 그것도 지금까지의 자신이 보기에는 놀랄 정도로 빠른 결단이라고 생각한다.

'그렇지만…… 그것이 당연한 거야.'

여기까지 온 것은 억지로 끌려온 것도 위협당한 것도 아니라 치사토 자신이 결정한 것이다. 자신의 일을 스스로 결정한다. 그런 쉬운 일이 이렇게까지 어려웠다는 것을 치사토 자신이 지금 몸소 느끼고 있다.

"……미안."

결의하고 나서 먼저 입 밖으로 나온 것은 사과의 말이었다.

"무엇이 미안하느냐?"

"……당신을 두고 간 거."

아무 말도 하지 않고 그냥 도망친 자신은 정말 어린애였다. 코요에 대한 것뿐만 아니라 이즈미 일까지 떠안고, 허용량 이상의 사건에 사고가 정지해 버렸다고는 하지만 그래도 그런 식으로 도망쳐서는 안 되는 것이었다.

결과적으로 부모님과 만나 대화를 할 수 있었던 것은 잘 됐다고 생각하지만, 그래도 무책임한 일을 저질러 버린 것에 대해 우선은 코요에게 사과하는 것이 당연하다.

치사토의 사과에 대해 코요는 방금 보였던 상냥한 표정에서, 평소의 여유를 머금은 미소로 바꾸었다.

"사과할 필요는 없다."

"아키마사……."

"나에게는 지금 여기에 네가 있는 것이 중요하다."

"……."

"그렇게 생각해도 되겠지?"

치사토에 대해 코요는 몇 번이나 저쪽 세계에 동행하라고 말했다. 치사토는 대놓고 거절했지만 일단 도망치고 나서 이렇게 돌아온 것은 결심을 한 것이라고 코요가 생각하는 것도 당연할지도 모른다.

솔직히 말하자면—지금까지 치사토는 애매모호한 마음만 가지고 있었다. 여기에 돌아온 것도 무엇인가에 재촉당하는 것처럼 다리가 움직인 탓이고 코요와 함께 간다는 생각을 굳혔기 때문이 아니다.

저쪽 세계에 있을 때는 항상 원래 세계로 돌아가는 것만을 생각하고 있었다.

남자인데 신부가 되고, 여자처럼 코요에게 깔려서 미지의 쾌감에 흐트러지는 자신을 혐오하고 있었다.

아무리 소중히 여겨지는 느낌이 들어도, 몸이 함락되어도, 마음만은 흔들리지 않으리라고 믿었던 자신의 생각을 완전히 없던 것으로 칠 수 있을 리가 없다.

그래도—

치사토는 코요를 보았다. 확고한 애정을 가득 채운 시선으로 똑바로 자신을 마주보는 남자에게서, 자기도 모르게 도망치고 싶어지는 약한 자신이 있었지만, 도망치기 위해 여기까지 온 것은 아니다.

"나는……."

저쪽에 있을 때의 내 마음.

그리고 돌아온 이후의 마음.

"나는 대답은 두 가지밖에 없다고 생각했어."

"두 가지?"

"……여기에 남는 것과 당신한테…… 끌려가는 것."

치사토의 대답은 언제나 정해져 있었다. 다른 세계에서는 살 수 없고 남자가 남자의 신부가 된다는 것은 보통은 받아들이지 못한다는 것이다. 그것을 강요하는 코요를 원망했고, 정말로 돌아왔을 때에는 다시는 저쪽 세계에 가려고 생각할 리가 없다고 단정 짓고 있었다.

'당신이…… 함께 오는 바람에…….'

혼자였더라면 반드시 시간이 해결해 주었으리라. 안기는 것에 익숙해진 몸의 충동도 안기는 안도감도 상대가 없어져 버리면 언젠가는 그 감각도 사라져 버리는 것이었다.

그런데 저쪽 세계의 인간인 코요가 본래 치사투가 살던 세계까지 함께 와버렸다. 두 번 다시 만질 리 없었을 몸으로 이 세계에서 안겨서 마지막까지 해버렸다.

　거기까지 가놓고서 모두 완전히 없었던 일로 하고 코요만 돌려보내는 게— 가능할 리가 없다.

　"나는 사실은 여기에서 계속 살아가야 했어."

　"……."

　"그것을…… 그것을 비틀어 버린 건 당신이야."

　"치사토."

　"……또 하나의 대답…… 알아?"

　코요가 한 걸음 더 다가왔지만 치사토는 눈앞의 단정한 얼굴을 노려보면서 움직이지 않았다.

　"모르겠구나."

　"……당신이랑 갔다가 싫으면 돌아오는 것."

　긴 팔에 끌어안겼다. 힘껏 가슴에 안긴 치사토는 잠시 주저한 후 코요의 유카타를 움켜쥐었다.

　"……싫으면 다시 오면 되잖아. 한 번 이렇게 돌아올 수 있었는걸. 두 번째도 틀림없이……."

　"그렇다면 나는 고향이 그리워질 새가 없을 정도로 너를 사랑해 주마."

　"……그, 그런 말 하지 말라고!"

　지금도 치사토는 코요를 어떻게 생각하고 있는지 확실하게 말로 나타낼 수가 없다. 그토록 거절한 주제에 경솔하게 따라가려고 결심한 자신에게, 정말 그래도 되겠냐고 수없

이 물어보고 싶은 기분이다.

그래도 이대로 자기 혼자 여기에 남아 코요를 배웅하는 모습은 상상할 수 없었다. 코요의 억지라도 자신의 의사라도, 코요 옆에 있는 자신의 모습을 보고 마는 것이다.

어쩌면 나중에 후회할지도 모른다. 아니, 사실 저쪽 세계로 돌아가서 다시 이 세계로 돌아오고 싶다고 바라도 그러지 못할 때, 치사토는 지금 여기에 있는 자신을 때려서라도 말리면 좋았을 텐데라고 생각할 것이다.

그래도 지금 여기에 있는 자신의 기분은 방금 말했던 그대로다. 어쩌면 코요의 의도대로 몸을 농락당했을 뿐일지도 모르지만……

'아키마사도……'

코요 또한 치사토에 집착하고 있다. 그것만으로도 입장은 대등하다.

"돌아가자, 치사토. 나와 함께 코요의 시대로."

"……갈 거야, 나."

치사토에게 있어서 가장 중요한 것은 이 세상이다. 그것만은 변함없다고 생각하고 말한 것인데, 머리 위에서 남자가 웃는 기색이 느껴졌다.

"그렇군. 치사토는 시집을 간다는 것인가."

"시, 시집은 무슨!"

그 부분에 대한 인식 역시 쉽게 바꿀 수 있는 것이 아니라, 치사토는 코요의 등을 거리낌 없이 주먹으로 탁탁 두드렸다.

조금 차분해진 치사토는 코요에게 허리를 끌어안기듯 해서 할머니의 집에 들어갔다. 아무래도 여자 취급당하는 것은 쉽사리 받아들일 수 없어 몇 번인가 저항했지만, 결국은 억지로 넘어갔다.

이런 식으로 만사에 유아독존인 코요의 성격은 빨리 교정하는 것이 좋지 않을까. 장차 자신의 생활을 생각하고 있던 치사토는 밭에서 돌아온 할머니의 모습에 자기도 모르게 뛰어갔다.

"할머니!"

"어서 오렴, 치사토."

할머니는 전혀 놀란 기색도 없이 치사토를 받아주었다. 마치 치사토가 돌아온다는 것을 확신하고 있던 것 같은 상냥한 미소에 치사토는 말문이 막혔다.

"미, 미……."

"응?"

"……마음내로 돌아가서…… 미안해요."

"어떠니, 너도 생각할 게 많았겠지. 잠시 떨어져 있는 것은 좋은 일이라고 생각하고 말이다."

"할머니……."

할머니는 치사토가 코요와 싸웠다고 생각하고 있는 것이리라. 아무래도 자신들이 보통 친구 사이가 아니라고 말하기는 힘들어, 치사토는 난처한 표정으로 할머니를 쳐다보았다.

코요와 다시 저쪽 세계에 가기로 결정했다고는 해도, 역시 사랑하는 할머니를 눈앞에 두자 결의가 물러졌다. 이제 다시는 만나지 못할 가능성은 제로가 아니다.

"이즈미 군하고는? 화해한 거니?"

"앗!"

그리고 이즈미의 존재 또한 치사토의 아쉬움의 요인이 되어 있었다. 그저 자신을 괴롭혀 온 못 견디게 미운 존재에서, 사실은 서투르고 치사토처럼 아직 어렸던 이즈미.

사과도 물론이지만, 코요에게서 치사토를 도망치게 하려고 집까지 데리고 돌아가 주었다.

오랜 괴롭힘에 의해 한껏 비틀린 성격은 쉽게 고쳐지지 않지만 그래도 생각만 해도 가슴이 아파지는 일은 없어졌다.

영화 보러 가지 않고 도망친 후 이즈미도 방치해 두고 있었다. 도망치는 것을 최우선해 온 자신이 나쁘지만, 이대로 이즈미를 내버려 둘 수는 없다.

치사토는 집 안에 들어가 자신에게 주어진 방으로 향했다. 거기에는 집에 돌아갈 때 내버려 두었던 짐이 있고, 가

방 속에 휴대전화도 들어 있었다.

"……."

'어떻게 말을 꺼내지…….'

전화를 거는 것은 간단하다. 하지만 그 후에 말이 이어질 것 같지 않다.

휴대전화를 쥐고 가만히 보고 있노라니 어느새 뒤를 쫓아온 코요가 옆에 섰다.

"내가 말을 할까."

"어?"

"치사토는 나와 함께 가기로 정했다고."

"돼, 됐어."

"말을 못하겠느냐?"

마치 아까의 결의의 말이 거짓말이었냐는 것 같아서, 치사토는 울컥해서 입을 꼭 다물고 전화를 남자의 눈에서 감추듯 감싸 안았다.

"할 수 있어!"

그 힘든 결단을 인이하게 결정했다고 생각하면 얼 받는다.

'이즈미는 내 문제이고.'

생각을 고쳐먹으라고 할까, 아니면 또 휘둘렸냐는 소리를 들을까.

무슨 말을 해도 그것은 문제를 연기하고 남에게 의존하

기만 하던 자신 탓이다. 치사토는 각오를 단단히 하고 몇 번 건 적도 없는 이즈미의 휴대전화를 울렸다.

한 번, 두 번.

열 번 전화가 울려도 이즈미는 받지 않는다. 이거, 화가 단단히 났는지도 모른다.

"……어쩌지……."

무심코 불안한 심경이 엿보이는 말을 흘리고 마는 자신의 어깨를 코요가 껴안았다. 그것을 뿌리치지 않고, 그대로 허무하게 벨소리를 듣고 있던 치사토는,

"……어, 여보세요!"

갑자기 숨을 헐떡이며 전화를 받은 상대의 기세에 도리어 놀라고 말았다.

"여보세요!"

"……아……."

"코미야 맞지?!"

치사토의 이름이 화면에 뜬 것이리라. 이즈미는 단정하듯이 치사토의 이름을 불렀다. 놀란 채 굳어 있던 치사토는 허겁지겁 가까스로 대답을 했다.

"으, 응, 미안, 갑자기 전화해서……."

"그런 건 됐어! 너, 아직 있는 거지?!"

"아…… 지금, 그러니까……."

"설마 그쪽 세계에 간 거야?! 전화가 걸리잖아!"

아무래도 이즈미가 말하는 장소는 집이 아니라 이 세계라는 의미였던 것 같다. 자신의 이야기를 단순한 농담이라고 흘려 버리지 않고 순순히 받아들여 주었다는 데 왠지 기쁜 마음이 들었다.

물론 아직 거북한 느낌은 남아 있다. 몇 년에 걸쳐 자신의 콤플렉스를 놀려댄 데 대한 마음의 고통은 쉽게 사라지지 않는다. 그래도 돌아오고 나서 그의 모습을 보고, 어쩌면 자기 자신도 이즈미와 제대로 이야기를 하지 않았는지도 모른다고 생각하게 되었다.

놀림당해도 딱 부러지게 싫다고 대꾸하지 않고 그저 도망만 쳤다.

치사토도 이즈미를 일방적으로 재수 없는 놈이라고 단정하고 마음속으로는 헐뜯고 있었다.

약간의 용기가 있었다면 과거의 자신은 달랐을 것이다. 하지만 그런 식으로 생각하는 것도, 지금의 자신이기 때문이다.

"……지금 할머니 집에 있어."

"알고 있어!"

"어?"

"아줌마한테 들었어! 나도 지금 그쪽으로 가고 있어!"

"뭐어?!"

생각지도 못한 대답에, 치사토는 무심코 코요의 얼굴을

물끄러미 보았다.

"무슨 일이냐?"

"이쪽으로 온다니, 어째서……."

"얼굴 보고 말할 테니까, 기다리고 있어!"

"이, 이즈미!"

치사토는 그대로 끊어진 전화를 움켜 쥔 채 혼란스러운 머릿속을 주체하지 못했다.

이즈미가 자신의 태도 때문에 걱정이 되어 연락을 취하려고 생각하는 것은 이해가 된다.

어머니에게는 다시 할머니의 집에 가겠다고 말하고 왔기 때문에 치사토가 지금 어디 있는지 알고 있는 것도 납득할 수 있었다.

그러나 그걸 듣고 여기까지 오려고 드는 이즈미의 기분을 이해할 수 없었다.

"그 녀석이 너를 데려갈 것인가 하는 이야기는 차치하고 너는 그 녀석을 어떻게 생각하고 있어? 정말 아무 생각 없고, 어떻게든 처리하고 싶다고 생각한다면…… 나는 네 힘이 되고 싶어."

'……그거 ……진심이었어?'

"치사토."

코요가 어깨를 가볍게 흔들어서 치사토는 퍼뜩 정신을

차리고 그를 올려다보았다.

"이즈미가 온대."

"그러냐."

"하지만, 나는……."

이즈미를 만난다고 해도 지금 이 기분을 어떻게 설명해야 할지 생각이 정리되지 않는다. 그가 올 때까지 앞으로 몇 시간, 겨우 그만큼의 시간밖에 없는데도—

"코미야!"

"……!"

갑자기 울린 목소리에, 무심코 손에서 휴대 전화를 떨어뜨렸다.

'말도 안 돼…….'

몇 시간 있다고 생각한 유예는 아무래도 일 분도 없었던 모양이다.

"내가 만날까?"

"아, 아키마사."

"어떻게 하겠느냐?"

치사토의 의향을 물어보는 코요의 표정은 평소와 다름없이 여유가 있는 것처럼 보인다. 그러나 지사토는 어째서인지 그가 긴장하고 있다고 느꼈다.

어떤 상황이라도 천황으로서의 자존심과 경험치로 여유롭던 코요가, 완전한 미지의 세계에 와서도 침착하던 이 남자가 치사토에 관계되는 일에는 이렇게 긴장감을 내비친다.

그것이 왠지 기쁘다고 생각해 버리는 자신이 이상하다.

"……괜찮아."

그런 코요를 보고 있는 사이에 치사토 자신도 조금 진정되었다. 아직 어떤 표정으로 만나면 좋을지, 무엇을 말할 것인지 전혀 정하지 않았지만, 그래도 이즈미는 자신의 친구고 적어도 지금은 몸을 염려해서 여기까지 와준 것이다.

코요의 등 뒤에 숨어서 이 남자만 나쁜 사람으로 만들고 이야기를 진행할 수는 없어, 치사토는 간신히 발을 내디뎠다.

"코미야!"

"……이즈미."

툇마루에 서 있던 이즈미는 그답지 않게 초조한 얼굴을 하고 있었다. 그 얼굴에는 땀이 배어 있어서 얼마나 급하게 여기까지 왔는지가 한눈에 보였다.

이번에는 큰 짐도 들고 있지 않은 것을 보면 아무래도 거의 빈손으로 허겁지겁 뛰어온 것 같다. 치사토가 도착하고 얼마 지나지 않은 시간을 근거로 생각해도 이즈미는 어머니로부터 치사토의 행동을 듣고 곧바로 기차를 탔으리라.

거기까지 생각해서 행동해 준 이즈미의 마음은 솔직하게 기쁘다고 생각한다. 이것이 친구에 대한 마음인지도 모른다.

"걱정하게 해서 미안."

"무슨 소리야!"

호통 칠 줄 알았는데 이즈미는 그런 자신의 걱정을 꾹 누른 모양이다. 그는 큰 한숨을 내쉰 후 치사토를 가만히 보았다.

"나는 됐어. 하지만 너, 여기로 돌아왔다는 말은……."

그 시선이 치사토의 옆으로 흐른다. 자신을 보던 걱정스런 눈과는 다른 날카로운 눈빛이다.

"당신이 불러들인 거야?"

"그렇다고 한다면?"

아닌데 코요는 일부러 도발하듯이 말한다.

"당신! 코미야도 좀 잘 생각해 주라고! 이 녀석은 여기에서 나와 함께 학교에 갈 거야! 생판 모르는 세계에 갈 리가 없잖아!"

"이즈미……."

"그렇지?"

저쪽 세계에 있을 때는 확실히 그렇게 생각하고 있었다. 돌아가는 것만 바라고 원래 생활로 돌아가고 싶다고 한탄하기만 했다. 그때의 기분을 잊은 것은 아니고, 아마도 앞으로도 계속 마음속에 계속 남아 있을 것이라고 생각한다.

단지, 치사토는 돌아올 때까지 눈치채지 못했던 것이다.

자신이, 자신의 몸도 마음도 조금씩 변화해 버렸다는 것을. 그 변화가 바람직한 것인지, 일그러진 것인지 치사토 자신도 모른다. 그래도 그 변화에 눈을 감고 살아갈 수는 없었다.

'결국은 나란 말이지.'

눈앞의 이즈미의 모습은 또 다른 자신이다. 그렇게까지 마음을 써준 이즈미에게 치사토도 똑바로 마주해야 한다.

"……아마 후회할 거야."

"코미야!"

"나, 툭하면 화를 내는 성격이라…… 거만한 아키마사랑 같이 있다가는 만날 싸움만 할지도 몰라."

"그러면……!"

허리를 안는 손에 힘이 담긴 것 같았다. 딱 봐도 치사토의 말에 반박하는 것 같지만, 그래도 이즈미와의 대화에 끼어들지는 않는다. 저쪽에 있었더라면 있을 수 없었다고 생각하는 이것도 코요의 변화다.

"그래도 안 되겠어."

"……."

"역시 아무것도 없었던 것처럼 할 수는 없어."

그것이 단순히 신체를 정복당했기 때문이라고 한다면, 절대로 아니라고 받아칠 수는 없다. 그래도―

"함께 가고 싶다든지, 곁에 있고 싶다든지, 그런 것이 아니라…… 그냥, 눈을 뗄 수 없어."

스스로도 이상한 말이라고는 생각하지만 지금의 심경에 가장 가까운 말이 그것이었다.

"아키마사만 돌아가고, 내 앞에서 없어져도…… 나는 아마 신경이 쓰이고, 걱정되고…… 눈으로 쫓고 말 거라고 생각해."

멀어져 버리면, 완전히 다른 세계로 돌아가 버리면 다시는 만날 수 없다. 어쩌면 시간이 지나면 잊을 수 있을지도 모르지만 지금의 치사토는 잊을 수가 없다.

싸움을 해도 '역시 원래 있던 세계에 있으면 좋았을 텐데'라고 후회해도 그것은 어디까지나 가능성에 지나지 않았다.

"뭐야, 그게……."

"이즈미."

이즈미는 고개를 숙이고, 목소리를 쥐어 짜내듯 중얼거렸다.

"그거, 네가 저 녀석을…… 좋아한다는 말이잖아."

"어…… 아니……."

"아니긴 뭐가. 니, 저 녀석을 좋아하는구나."

단정하듯이 말하는 이즈미의 말을 듣고 치사토는 멍하니 코요를 되돌아본다. 이즈미를 보고 있던 코요는 치사토의 기색을 눈치채고 시선을 돌리더니 안심 시키듯이 웃음을 지었다.

여기서 이즈미의 말에 덩달아 '그렇다'라고 말하기라도 하면 치사토도 언제나처럼 '바보 같은 소리 하지 마'라고 반박할 수 있었다. 하지만 코요는 말꼬투리를 잡지 않고 치사토 자신이 대답을 내게 하려는 것처럼 그저 지켜보기만 했다.

이제 와서 이렇게 치사토를 생각한 행동을 취하는 코요가 얄밉다.

이런 식으로 마음을 써주면, 그 상냥한 눈에 가슴이 두근거리면 이즈미의 말이 진실이라고 생각할 수밖에 없지 않은가.

'좋아, 한다니…….'

남자끼리인데다, 다른 세계의 인간이다.

치사토를 힘으로 지배하려고 한 이 남자를 어느새 좋아하게 되어 버린 것일까.

"어머나."

"!"

그때 귀에 부드러운 목소리가 들려 치사토는 간신히 숨을 쉴 수 있었다. 눈치채지 못했지만, 아무래도 숨을 쉬지 못했던 것 같다.

"이즈미 군도 왔구나."

"……갑자기 찾아와서 죄송해요."

가까스로 대답한 이즈미에게 미소 지은 할머니는 치사토를 보고 고개를 크게 끄덕였다.

"얘야, 저녁 식사 준비를 도와주겠니?"

저녁 식사를 마치고 각각 목욕을 하게 되자, 치사토는 평소처럼 먼저 코요를 보내고 그 길로 할머니의 방으로 향했다.

"할머니, 들어가도 돼요?"

"그럼."

미닫이를 열고 안에 들어가자 할머니는 아직 이불 속에 들어가지 않고, 방구석에 놓여 있던 작은 나무 책상 앞에 앉아 있다.

"뭐하고 계셔요?"

"이걸 좀."

"……아."

뒤돌아본 할머니의 손에 있던 것은 치사토가 그쪽 세계에 갈 때 손에 들고 있던 부채였다.

분명 피로연 전에 코요의 손으로 다시 돌려받았지만 그대로 어디 갔는지 완전히 잊어버리고 있었다.

설마 그것을 할머니가 가지고 있을 줄은 몰랐는데…….
도대체 무엇을 하고 있었던 것일까.

"할머니, 그거……."

"아아…… 그리워져서 말이지. 참 예쁘구나."

"그거, 창고 안에 있던 거죠? 할머니 거예요?"

"……옛날 일이란다."

할머니의 어린 시절 사진은 본 적이 없다. 아버지가 어린 시절에는 기모노 차림이 많았고, 흑백 사진이었지만 매우 아름다웠다. 굳이 말하자면 험상궂은 인상인 할아버지와는 그야말로 미녀와 야수로밖에 보이지 않았지만, 그래도 사이가 좋은 두 사람이었다.

'……아.'

그 사진 속에 이 부채를 가진 할머니가 있던 것이 떠올랐다. 매우 아름다워서 실물이 보고 싶다고 졸랐지만, 치사토에게 상냥했던 할머니도 어째서인지 그 소원만은 이루어주지 않았다.

"선물 받으신 거예요?"

"할머니의 아버지에게서 받았단다. 그렇지만 이걸 가지고 있는 모습은 거의 보여주지 못했지."

혹시 할머니의 아버지는 일찍 돌아가신 걸까. 더 이상 만나지 못하는 부모에 대해 할머니가 어떻게 생각하고 있는지는 물론 알 수가 없다. 치사토 정도 나이였을 때는 슬펐겠지만 지금 할머니는 꽤 나이를 먹었으니 그 마음에도 변화는 있을 것이다.

치사토가 코요와 저쪽 세계에 간다면 부모님은, 할머니

는 어떻게 생각할지, 아마 상상해 봤자 알 수 없을 것이다.

슬픔과 절망…… 하지만 그 다음은…….

"……할머니."

"응?"

"저…… 있잖아요, 저……."

싫으면 돌아오면 된다. 같은 일본이라면 그렇다고 단언할 수 있지만, 아무리 한번 다시 돌아올 수 있었다고는 해도 또 가능하다는 보장은 아무데도 없다. 지금이라면 아직 자신의 말을 철회할 수 있다. 코요에게는 함께 갈 수 없다고 딱 잘라 말하고서 원래의 생활로 돌아가면 된다.

'……안 돼.'

아마 모든 사람들에게 가장 좋은 그것은 치사토와 코요에게는 가장 어려운 방법이다.

"……제가 없어지면 쓸쓸해요?"

"쓸쓸하지."

"……."

"하지만 치사토. 네가 행복하게 웃고 있다고 생각하면 그 외로움도 견딜 수 있단다."

"할머니……."

"인간은 모든 것을 손에 넣기는 어렵단다. 그래서 제멋대로이건 뭐건 자신이 제일 양보할 수 없는 것만은 절대로 놓지 않도록 해야 해."

치사토는 할머니의 등에 매달렸다. 울음을 터뜨릴 정도로 어린아이도 아닌데, 하염없이 넘쳐흐르는 그것을 참을 수 없다.

'미안, 미안해요, 할머니.'

할머니는 눈물을 흘리는 치사토의 머리를, 진정시키듯 가볍게 토닥이며 조용히 말을 계속했다.

"이제 곧 그믐날이로구나."

"……그믐날?"

"달의 마지막 날을 가리키는 말이란다. 달은 숨어버리지만 곧바로 삭이 찾아오지. 새로운 달이 다시 시작되는 거야. 치사토 너에게도 새로운 인생이 시작되는구나."

달을 좋아하는 할머니는 치사토에게 달 이야기를 자주 해주었다. 이전에 놀림당하는 것이 힘들어 울음을 터뜨렸을 때, 기억하기로는 삭 이야기를 해준 적이 있다. 그때도 그저 풀죽은 치사토의 등을 조용히 밀어주었는데, 지금 또한 아무것도 이야기하지 않았는데 치사토의 등을 밀어주고 있다.

"아버지와 어머니는 내게 맡겨주렴. 틀림없이 치사토의 행복을 기원할 거야."

"……흐윽."

치사토는 할머니에게 힘껏 매달려서 잠시 동안 목소리를 죽이고 울었다.

목욕탕에서 나온 코요는 할머니가 준비해 준 유카타를 내려다보았다. 치사토는 돌아가신 할아버지의 것을 내어주는 거라고 말했지만, 잘 보면 코요가 좋아할 것 같은 문양을 골라주었다.

"아아, 그렇구나."

'짧았지만 아내였기 때문인가.'

아니, 그것은 더 이상 생각할 일이 아니다. 코토노는 자신을 얽매던 족쇄를 모두 끊어내고 이 세상에서 새로운 인생을 보내고 있는 것이다.

툇마루의 바깥복도로 나오자, 이즈미가 멍한 표정으로 정원을 바라보고 있다.

그때 이후로 할머니 앞에서는 치사토나 자신에 대해 책망하는 말은 안 했지만, 그래도 뭔가 말하고 싶은 눈빛으로 치사토를 보고 있었다. 치사토가 그것을 알아차렸는지는 모르겠지만, 이대로 아무것도 없이 저쪽으로 돌아갈 수 있을 것 같지 않다.

"이즈미."

"!"

말을 걸자 힘차게 이즈미가 이쪽을 돌아보았다. 그러나

그 눈에는 적대감보다는 당황스러운 기운이 더 진한 것 같은 생각이 들었다.

"할 말이 있으면 들어주마."

"……여유로우시네요."

"그렇지도 않다."

"어?"

"치사토가 너를 특별하게 생각하는 것은 알고 있으니 말이다."

"……나는 코미야한테 미움받고 있으니까요."

물론 치사토도 이즈미에게 시달렸다고 말은 했지만, 적어도 지금 코요가 보는 두 사람 사이에는 결정적인 균열은 없다. 양쪽 다 당혹스러워하면서도 조금씩 서로 다가가고 있다.

'나에게는 별로 좋은 징조는 아니지만 말이다.'

아무리 해도 뗄 수 없는 부모나 할머니 이외의 인연 때문에 치사토가 이 세상에 근심을 남기길 바라지는 않는다. 본인은 싫어지면 다시 돌아오겠다고 단언했지만 코요는 두 번 다시 고향 생각이 나지 않도록 대할 작정이다.

그래서 이즈미와의 관계도 오늘 이 자리에서 분명하게 매듭을 짓고 싶다.

"오늘 밤 치사토를 데려갈 생각이다."

"오늘, 밤……."

지금이라면 분명 자신의 세계로 돌아갈 수 있다.

때문에 유예는 오늘밖에 없다.

"괜찮겠느냐?"

"……."

"너는 아무것도 말하지 않아도 괜찮겠느냐?"

떠보듯이, 도발하듯이 코요가 이즈미에게 말했다.

이즈미는 코요의 진의를 모르는지 경계하며 이쪽을 보고 있지만, 코요도 피도 눈물도 없는 사람이 아니다. 같은 상대를 사랑하는 남자로서 마지막 매듭을 짓게 해주고 싶다고 생각하는 것 또한 본심이다.

"나는……!"

"치사도는 아직 아이이다. 분명히 말로 하지 않으면 상대방이 어떤 마음인지 짐작할 수는 없느니라."

"당신, 그래도 되겠어? 내가 코미야를 말리고……."

"그러지 못할 것이다."

"그런 건 모를 일……!"

"안다. 내가 절대로 치사토를 놓지 않을 테니."

단언하자 이즈미는 말문이 막혔다. 생각하면 이즈미는 아직 치사토와 같은 나이의 어린아이이다. 그 아이에게 이런 큰 결단을 촉구하는 것은 가혹할지도 모르지만, 이것은 앞으로 이즈미가 남자로 성장하는 데 필요한 시련이 될 것이다.

게다가, 이만큼 말해도 움직이지 않으면 그것은 이즈미의 마음이 그 정도밖에 안 된다는 증거이기도 하다. 굳이 두 손 두 발 잡고 취해야 할 행동을 가르칠 생각은 없다.

"……."

이즈미는 미간에 주름을 잡고 몸 옆에 둔 주먹을 꽉 쥐고 있다.

"어떻게 하겠느냐?"

"……어?"

그때 마루방 저편에서 목소리가 들렸다.

"둘이서…… 뭐하고 있는 거야."

의아해하면서 다가온 치사토의 눈이 빨갛게 충혈되어 있다. 아무래도 할머니 앞에서 울고 만 것 같다.

작별 인사를 고했는지도 모른다……. 그렇게 생각하면 동시에 치사토가 진심으로 자신과 다시 돌아갈 마음이 들었다는 것을 확신하고 코요는 자기도 모르게 깊은 숨을 내쉬었다. 이즈미에게는 여유를 보이고 있었지만, 역시 마음 한구석에는 불안도 남아 있던 것 같다.

"아키마사는 목욕……."

"방금 끝났다."

대답해 주자, 치사토는 시선을 방황시키고 나서 이즈미를 보았다.

"그, 그럼 이즈미."

"나는……."

"먼저 들어가도 돼. 잠옷은 없으니까, 유카타를 준비해 뒀어."

이즈미는 치사토를 보고 그 후에 코요에게 시선을 보낸 후 다시 치사토를 보고 고개를 끄덕였다.

그대로 이즈미가 욕실로 가자, 남겨진 치사토는 긴장한 것처럼 바쁘게 시선을 이리저리 돌리고 있다. 그런 모습도 흐뭇하지만, 코요는 확인해 두어야 하는 것을 먼저 말했다.

"조모님과 이야기를 했느냐?"

"……응."

"뭐라고?"

"……어쩐지, 할머니…… 다 알고 있는 것…… 같아서."

치사토는 더 이상 말로 하지 못하고 큰 눈에 눈물을 글썽이고 있다. 코요도 더 이상 묻지 못한 채 치사토의 윤기 있는 머리를 쓰다듬어 주었다.

"……."

"……."

"이…… 있잖아."

"무어냐."

"……정말 변화했어?"

그러고 보니 입씨름을 하다가 말했을 뿐이지, 코요는 궤 속에서 일어난 변화를 아직 치사토에게 제대로 설명하지 않았다.

그렇다면 마침 잘됐다.

"가자."

"어, 어, 어디?"

"창고다."

그렇게 말하면서, 코요는 치사토의 손을 잡았다. 급작스러운 일이라 혼란스러워하는 것은 알고 있었지만 이 기회를 놓칠 생각은 없다.

원래 입고 있던 기모노는 놔두고 왔지만, 그건 코토노가, 치사토의 할머니가 잘 처리를 해 주리라고 믿고, 코요는 정원에 내려와 신발을 신고 치사토를 가볍게 안아 들었다.

"어, 잠깐!"

아니나 다를까, 품 안에서 날뛰기 시작했지만 순식간에 창고까지 도착하여 주저없이 안으로 들어간다. 맨발의 치사토를 바닥에 내리자 포기한 듯 큰 한숨을 쉬었다.

"하여간 당신, 진짜 자기 마음대로야."

그 말투가 평소의 치사토라서 기쁘다.

"나, 성급했던 걸까."

입속으로 투덜대는 치사토를 재촉해 사다리를 올라가면 의외로 밝은 달빛이 마루방을 비추고 있었다.

"어…… 그믐날이라고 했는데……."

"그믐날?"

"달이…… 저것 봐, 거의 안 보이지?"

작은 창문을 들여다보면서 말하는 치사토와 똑같이 보자 확실히 달은 얇은 선을 남긴 모습으로 하늘에 떠 있다. 저 정도라면 이렇게 밝을 리가 없다는 치사토의 말에도 수긍하지만, 분명 오늘이 특별한 밤이라는 것을 하늘도 알고 있는지도 모른다.

"손전등 가져올 걸 그랬어."

치사토는 궤 앞에 무릎을 꿇고 뚜껑을 열어 안을 들여다보았다. 흑발이 사르르 흔들리고 하얀 목덜미가 나타났다.

'치사토……'

떨어져 있던 시간은 얼마 안 되는데 정신이 아득해질 정도로 길게 느껴졌다. 얼마나 자신이 치사토를 애타게 그리는지, 원하는지, 그 짧은 시간동안에도 뼈저리게 느꼈을 정도다.

"……흐악!"

무의식적으로 뻗은 손이 절로 치사토의 목덜미를 쓰다듬자 치사토가 소스라치게 놀라 엉덩방아를 찧었다. 항의하기 위하여 위로 든 얼굴 앞에 자신의 얼굴을 가까이 대고, 뒤통수를 껴안고 가볍게 입맞춤을 했다.

"!"

금방 입술을 떼자 눈을 동그랗게 뜬 치사토의 얼굴이 가까이 있다.

"왜 그러느냐?"

"왜 그러긴…… 바, 방금!"

몇 번이나 몸을 포갰는데 아무리 시간이 지나도 앳되고 순진한 반응을 보이는 치사토가 사랑스러워, 코요는 그대로 팔을 뻗어 껴안았다. 아직 목욕을 하지 않은 치사토의 피부에는 땀이 배어나와 약간 촉촉했지만, 햇빛 냄새가 나는 그 피부는 맛있어 보여, 욕구를 강하게 자극한다.

"치사토."

"아, 아키마사."

"네 이름은 '천리(千里)'라고 쓰는구나."

그것은 코토노와 대화를 하다가 나왔다. '치사토'라는 이름은 이전부터 마음에 들었지만, 그 글자를 알게 되자 점점 사랑하는 사람에게 어울리는 이름이라고 생각했다.

"어, 어째서?"

아무것도 모르는 치사토는 코요의 말에 놀랄 따름이었다.

"조모님에게서 들었다. 좋은 이름이로구나. 이쪽도, 그리고 나의 세계도, 너의 마을이 된다는 말이다."

다음 순간, 치사토의 얼굴이 한껏 일그러지더니 그 손이 아플 정도로 강하게 코요의 팔을 잡았다.

"나는……!"

"미안하구나, 치사토. 너를 두고 갈 생각은 추호도 없다.

네가 울며불며 저항을 하더라도, 나는 절대로 너를 놓지 않을 게다."

원망을 해도 울더라도 치사토를 포기하는 것만은 할 수 없다.

코요는 몇 번이나 했던 말을 재차 반복하고 치사토에게 다시 입맞춤했다. 치사토는 입술이 겹쳐져도 꼭 다문 채 코요의 혀를 받아들이려고 하지 않는다. 하지만 역시 치사토의 마지막 마음의 갈등이라고 생각하면 강요는 하지 않는다.

"응."

모기 소리 같은 대답을 들은 코요는 아래층에서 작은 소리를 들었다.

'……빨랐군.'

어쩌면 오지 않을지도 모른다는 생각도 했지만, 아무래도 남자로서의 긍지는 상상했던 것 이상으로 강했던 모양이다.

계단이 삐걱거리는 소리를 들으면서 코요는 시선만 위로 올렸다. 이윽고 계단 너머에 나타난 날카로운 눈빛에 대항하듯이 눈을 가늘게 떴다.

그림자는 천천히 모습을 드러낸다. 등을 돌리고 있던 치사토는 아직도 눈치채지 못한 모양이지만, 코요만 그 움직임을 가만히 보고 있었다.

―하지만 사다리 근처에서 이쪽으로 오는 기색은 없다.

'두려워하는 겐가.'

유인하는 말을 하긴 했지만 실제로 나타나면 코요가 배제할 줄 알았는지, 아니면 치사토에게 거절당하는 것을 두려워하는 건지. 어느 쪽인가 하면 후자의 요인이 더 클 것 같지만 거기까지 상대의 기분을 생각해 줄 것도 없다.

이후 어떻게 할 것인지는 모두 본인이 하기 나름이다.

코요는 입맞춤을 계속하는 치사토를 다시금 바라본다. 처음에는 지푸라기에 매달리듯이 코요를 받아들였던 치사토도, 지금은 스스로도 갈구하듯 입술을 슬며시 열고, 침입한 혀에 적극적으로 자신의 것을 휘감고 있다.

현실을 잊기 위해 무의식적으로 그렇게 하고 있는지도 모른다. 하지만 코요는 그래도 좋았다.

"……웃."

입맞춤을 끝마치자 치사토가 작은 목소리를 높여 호소하는 눈빛을 보냈다.

"치사토."

"……응."

"아무 생각도 하지 말고 나에게 맡기면 되느니라."

무엇을, 이라고 말하지 않아도 치사토에게는 통한 것 같다. 품속의 몸에서 긴장이 풀리고 코요는 신중하게 치사토를 바닥에 눕혔다.

여기에서 품는 것은 두 번째다. 그때는 마음 한구석으로 초조함을 느끼면서 치사토를 안는 것으로 자신의 마음을 굳게 다지고 싶다고 생각했지만, 지금은 완전히 다른 마음을 품고 있다.

'······내 것이로구나.'

싫어지면 다시 돌아오겠다며, 생각지도 못한 말을 했지만 그래도 치사토가 스스로 코요와 함께 하계에 내려갈 결심을 해주었다. 명확한 사랑의 말은 없었지만 치사토의 그 결의는 말 이상의 강한 증명처럼 느껴졌다.

치사토의 마음을 확인하자마자 이런 식으로 살갗을 맞대고 싶다는 생각이 들고 마는 것은 속물적이겠지만, 조금이라도 떨어져 있던 시간을 되찾기 위해서도 한시라도 빨리 치사토의 모든 것을 정복하고 싶었다.

치사토 자신에게 여전히 망설임은 있는 모양이지만, 그것을 얼버무리듯 스스로 손을 뻗어 온다. 평소와는 조금 의미가 다른 그 행동에 코요는 무심코 미소를 지으면서 얇은 옷감의 안쪽에 손을 집어넣었다.

이 세계의 기모노는 매우 간소해서 손을 집어넣으면 곧바로 피부를 접할 수 있나. 남사도 여사도 빛 상의 옷을 겹쳐 입는 자신들보다 상당히 음란하다고 생각하면서, 손가락을 움직여 이미 발갛게 솟아오르기 시작한 열매를 잡았다.

"으응, 앗, 싫어."

"거짓말하기는."

"시, 싫다니, 깐."

"여기를 만지면 좋아하는 주제에?"

이번에는 말로 희롱하면서 잡은 유두를 힘주게 밀어 올리자 내리깐 몸이 크게 흔들렸다. 역시 치사토는 여기를 좋아하는 것 같다. 여자의 풍만한 유방과는 다른, 굳이 말하자면 밋밋한 가슴인데, 지나치게 민감할 정도의 반응을 보여주는 것이 귀엽다.

코요는 입가에 미소를 지으면서 다시 시선을 사다리 쪽으로 돌렸다. 그러자 방금 전보다 조금 더 몸을 내민 것을 알 수 있었다.

하지만 그것을 신경 쓸 여유는 없다.

의외로 밝은 달빛 속에 떠오르는 치사토의 몸과 목소리에, 코요 자신도 무의식적으로 유혹당한 것 같다.

'아직이다.'

치사토의 사랑스러움은 이 정도가 전부가 아니다. 이 사랑스러움이 곧 녹아서 쾌감에 빠져들어야 비로소 치사토의 진짜 얼굴을 볼 수 있다.

"손을 올리거라."

"……."

치사토는 잠시 망설이다가 머뭇머뭇 손을 머리 위로 올

려주었다. 상을 주듯이 가볍게 볼에 입맞춤을 떨어뜨린 후 코요는 치사토의 상의를 단번에 벗겼다.

추운 건지, 아니면 이후의 쾌감을 상상했는지 바르르 떨리는 어깨에서 목덜미까지 쓰다듬고 가는 턱을 잡은 코요는 다시 한 번, 이번에는 깊은 입맞춤을 했다. 슬며시 열린 입술 안쪽에 혀를 침입시켜 치사토의 구강을 정성껏 희롱했다.

"흐…… 으응."

비음이 섞인 목소리를 듣고 코요는 남은 한쪽 손을 속옷 속에 넣었다.

"으응!"

치사토가 놀랐는지 반사적으로 허리를 빼려고 했지만, 바닥에 벌렁 드러누운 상태에서는 당연하게도 도망갈 곳이라곤 없다. 코요의 손은 좁은 천 속 깊숙이까지 수월하게 숨어들어가, 어중간하게 솟아오르기 시작한 분신을 잡았다.

손에 친숙해진 크기의 그것은 이미 젖어 있어, 코요의 손가락은 부드럽게 줄기를 타고 미끄러졌다.

"앙…… 아, 아키마사!"

치사토가 쾌감을 견디듯이 고개를 저은 순간 입맞춤은 풀리고, 그 입은 호소하듯이 이름을 불렀다.

"응? 왜 그러느냐, 더 만져주기를 바라느냐?"

"아, 아냐……!"

"거짓말하지 말거라. 너의 여기는 언제부터 기쁨의 꿀을 흘리고 있었느냐? 설마 내가 아닌 사람 앞에서도 이런 교태를 보인 것은 아니겠지?"

그 말이 누구를 가리키는 것인지 치사토는 금방 알아듣지 못한 것 같았다. 치사토 본인은 코요 이외에 몸을 허락한 기억은 없을 테고, 본래 남자끼리의 관계에 부정적이었기 때문에 자신이 남자를 유혹하고 있을 줄은 전혀 생각도 못했을지도 모른다. 그러나 코요의 눈으로 보기에는 치사토의 말도 시선도, 그리고 자신의 품 안에서 흐트러지는 그 모습까지도 모두 사람을 유혹하는 매혹적인 존재로밖에 보이지 않는 것이다.

코요의 짓궂은 말에 항의하는 것인지, 치사토는 손을 뻗어 분신을 쥐고 있는 코요의 움직임을 멈추려고 했지만, 힘이 들어가지 않는 저항은 오히려 그를 부채질하고 있다는 생각밖에 들지 않는다.

아니, 자신이 그렇게 생각하고 싶다는 데 불과할지도 모르지만, 어차피 여기서 그만둘 생각이 없는 코요는 꿀에 젖은 손가락으로 분신 아래에 있는 두 개의 구슬을 비벼 저항을 저지했다.

"앗, 앙, 안 돼애!"

치사토의 목소리에 겹쳐서 찌걱찌걱 분신을 주무르는 물

소리가 울린다. 손가락은 꽤나 축축해졌지만, 아직 이 정도로는 뒤쪽 봉오리를 풀 수 없다. 빨리 안쪽 깊숙이까지 침범하고 싶은 마음을 억제하고, 우선은 한 번 절정을 맞이하게 하기 위해 코요의 손놀림은 점차 빨라졌다.

"응, 하우, 하악, 으응!"

상반신은 알몸이지만 하반신은 아직 천에 덮여 있다. 음란한 소리가 들리기는 하지만, 코요도 그 천의 안쪽이 어떻게 되어 있는지 보이지 않는 것이 답답하고, 또한 그것이 괜스레 상상을 자극하는 것 같아 흥분된다.

치사토가 몸을 비틀자 절로 옆을 향해 바닥에 뺨을 대고 누르듯이 누워 있었지만,

"!"

갑자기 숨이 막히는 기색이 나더니만, 코요의 손에 뜨거운 물보라가 발사되었다. 치사토가 절정을 맞이한 것은 알았지만 왜 난데없이, 라고 의아하게 생각하자, 옆을 향한 치사토의 시선이 자신 이외를 향하고 있는 것을 깨달았다.

코요도 같은 방향을 보고…… 납득했다.

'나타났구나.'

그 상태 그대로, 그저 몸을 숨기고 치사토가 흐트러지는 모습을 볼 수밖에 없으리라고 생각했던 그림자가 사다리를 올라, 마루방에 서 있었다.

"어…… 째서?"

바로 이 순간까지 그 존재를 몰랐던 것 같은 치사토는 단지 놀랄 수밖에 없는 모양이지만, 물론 의도적으로 불러들인 것이나 다름없는 코요는 여유로운 미소를 지으며 말을 걸었다.

"거기에서 움직이겠느냐."

"……."

"아, 아키마사?"

"어떻게 하겠느냐, 이즈미."

그림자…… 이즈미는 이쪽을 향하고 있다.

"이전과 같이 그저 치사토를 비난하려면 이곳을 떠나거라."

"무, 무슨 말을 하고 있는 거야?"

흔들리는 눈동자를 돌리는 치사토를 내려다보고, 코요는 땀에 젖은 머리를 천천히 쓰다듬어 올려주었다.

"걱정하지 말거라, 너는 다만 쾌락에 몸을 맡기고 있으면 되느니라."

이 상황에서 도저히 그럴 수가 없다는 것은 알고 있었지만, 코요는 그렇게 말하고 아직 손안에 있는 분신을 다시 비비기 시작한다. 놀라움 때문에 절정에 달한 치사토의 정액은 손바닥 안에 담뿍 있다. 코요는 그것을 끄트머리에서 줄기까지 발라 손가락으로 매끄럽게 훑고 두 개의 구슬과 그 뒤쪽의 봉오리도 적셔 간다.

주어진 자극에 치사토는 바로 숨이 찼지만 여전히 시선은 이즈미에게서 떨어지지 않았다. 단순히 거기에 있을 리가 없는 인물에 대한 놀라움과 경계 때문일 수도 있지만, 치사토의 아름다운 눈동자가 눈앞의 자신 이외에 향하고 있는 것은 역시 재미없다.

코요는 팔에 힘을 주어 속옷을 무릎 근처까지 확 내리고 손가락을 봉오리에 댔다.

"자, 잠깐만……!"

다급해진 치사토는 진심으로 도망치려고 몸을 일으키려고 했지만, 코요는 아랑곳하지 않고 단번에 손가락을 안쪽으로 밀어 넣었다. 전혀 익숙해지지 않은 장소는 곧바로 조여들어, 그 이상의 침입을 완고하게 거부했다.

"아, 아키마사! 떨어지라니까……!"

"방금 전까지 나에게 몸을 맡기고 있었거늘, 이즈미가 있다 하여 무엇이 달라지느냐? 치사토, 지금 너를 안고 있는 것은 나다. 이즈미는 생각지 말거라."

"무리, 라고!"

실제로 눈앞에 있는 이즈미에게 흐트러진 자신의 모습을 목격당하는 입장인 치사토는 곧바로 반박하지만 코요는 거기에 누가 있든지 상관없었다. 물론 사랑하는 사람의 나신을 좋아라 보여주고 싶지는 않은 마음이지만, 그 반면 자기 손으로 하얀 몸이 한창 피어나는 모습을 과시하고자 하는 욕망도 있다.

그것이 사랑하는 사람에게 발칙한 생각을 품은 상대라면 더욱 그렇다.

"치사토."

코요는 치사토의 가슴에 입술을 대고, 한껏 솟아오른 유두를 입술로 물고 혀로 핥았다.

달콤한 과실은 이대로 먹어버리고 싶을 정도다.

"흐악, 안, 그만, 하라고!"

주어진 자극에 일단 사라지려던 치사토의 쾌락의 불꽃은 곧 다시 불타올랐지만, 그래도 이즈미의 존재는 머릿속에서 사라지지 않는 것 같다. 코요의 머리카락을 쥐고 필사적으로 머리를 떼어놓으려고 하면서 애원했다.

불쌍하고, 그래도— 더더욱 울리고 싶다.

"……."

그때 근처에서 움직이는 기색이 나, 코요는 시선만 올려보았다. 방금 전까지 사다리 옆에 있던 이즈미가 치사토의 머리 근처에 무릎을 꿇고 있었다.

"……."

달빛을 받은 이즈미의 눈동자가 참을 수 없을 정도의 정욕에 불타고 있는 것을 알 수 있었다. 하반신도 그 생각에 호응하듯이 달아올라 있다.

치사토에게 솔직하게 애정을 보내지 않았던 이 아이는

지금 처음일지도 모르는 충동을 그 몸에 품고 있는 것이다.

코요는 그런 이즈미에게 과시하듯이 치사토의 다리에 걸려 있던 속옷을 단번에 벗기고 흰 다리를 활짝 벌리게 하였다.

싫어하면서도, 이미 노출되어 있던, 한 번 뿌린 하얀 정액이 들러붙은 분신은 바르르 떨며 솟아올라, 바깥 공기에 닿는 순간에 또 다시 작은 절정을 맞이한 것처럼 보였다.

이즈미의 목이 꿀꺽 크게 물결치더니 눈을 깜박이는 것도 잊어버린 것 같은 강한 눈빛으로 치사토를 내려다보고 있다. 저항하던 치사토도 나신을 보이고 단념했는지 몸에서 힘을 빼고 고개를 완전히 옆으로 돌렸다.

"……흑."

"아름답지 않느냐, 치사토의 나신은."

"……아, 아."

"피부는 어디 할 것 없이 섬세하고 보드랍고, 사랑스러운 유두와 분신은 느낄수록 진한 벚꽃 색깔로 변화하느니라."

말뿐만 아니라 그것을 증명하듯 성기를 비비자 치사토는 울 것 같은 소리를 실러 버린다.

"코, 미야가 울고……."

"부끄럽게 여기는 건 처음뿐이다. 곧 쾌락에 빠지는 음란한 신체의 소유자이니라, 치사토는."

"당신……!"

"물론 그것은 내가 상대일 때뿐이다."

"!"

"너에게도 다른 남자에게도 누구에게도 넘기지 않는다. 내가 찾은, 내가 사랑하는 동반자다."

치사토가 비록 피는 이어지지 않았지만 전처 코토노의 손자였던 것도, 신비한 힘으로 눈앞에 나타난 것도 이제는 모두가 두 사람을 잇는 운명이었다는 생각이 든다.

코요는 입고 있던 기모노의 밑단을 펼쳐 자신의 성기를 노출시킨다. 겨우 치사토의 언질을 받은 기쁨과 치사토를 사랑하는 남자의 눈앞에서 범한다는 금기 때문에 더없이 흥분하고 있었다. 이렇게 큰 것을 이대로 치사토에게 삽입했다가는 상당한 통증을 느끼게 하겠지만, 그 아픔마저도 자신의 사랑의 하나라는 것을 알아주길 바란다.

"치사토……!"

이름을 부르고 끝을 봉오리에 가져다 대었다. 숨을 삼키고 그곳이 강하게 움츠러드는 것을 알 수 있었지만, 코요는 아랑곳하지 않고 허리를 앞으로 밀고 살갗을 넓히듯이 끝을 박았다.

"응…… 아앗."

그 고통을 참다못한 치사토가 뭔가에 도움을 요청하듯이 손을 뻗었다.

"……이즈미……!"

코요는 그 손을 잡으려 했지만 그보다 빨리 그 손을 잡은 사람이 있었다. 다른 누구도 아닌, 코요가 이 자리에 있는 것을 허락한 이즈미이다.

방관할 수밖에 없다고 생각했던 남자는 치사토의 손을 강하게 쥐고는 다른 한 손으로 땀에 젖어 이마에 달라붙은 머리카락을 올려주었다.

"코미야……!"

"보, 지 마…… 아앙!"

코요는 고통과 쾌감밖에 느끼지 못해야 하는 치사토가 이즈미의 존재에도 감각을 돌리고 있는 것을 용서하지 못하는 자신도 속이 좁다고 생각하며, 치사토의 의식이 자신에게 향하도록 더 깊이 분신을 삽입하였다.

"……코미야……."

"치사토!"

두 사람의 부름에 치사토는 입술을 꼭 다물고 눈을 꾹 감고 있다. 눈가에서 몇 줄기나 눈물이 흐르고 있었지만, 그것이 신체의 통증 때문인지, 아니면 치욕을 견디고 있는 탓인시는 코요도 모른다.

그런데도 치사토의 내벽은 서서히 코요의 분신을 품고 더욱 안쪽으로 불러들이듯이 꿈틀 거리고 있는 것이다.

사랑받고 있다고 착각하고 말 것 같은 그 몸의 반응에,

코요는 한층 더 안쪽까지 탐하듯이 분신을 파묻었다.

시야 가장자리에 비치는 이즈미의 손은 핏대가 떠오를 정도로 힘을 주어 치사토의 손을 쥐고 있었지만, 그에 대한 질투는 조금 흐려졌다.

"응, 흐응...... 으응."

이윽고 치사토는 분신의 절반 이상을 안으로 품었다. 코요는 얕게 숨을 쉬고 이번에는 천천히 뽑아낸다. 놓아주지 않겠노라고 달라붙는 내벽을 떨쳐 내고 끝 부분만 머금은 참에 멈추고 다시 천천히 허리를 찔러 넣었다.

서서히 움직임을 가속하고 딱딱했던 봉오리를 풀면서 천천히 점점 더 안쪽으로 전진해, 이윽고 분신 전체가 안에 들어갈 수 있었다.

쥐어짜는 것 같은 강한 조임과 바들바들 떠는 내벽에 자극되어, 코요 자신은 지금 당장이라도 절정에 달할 것만 같지만, 더욱더 이 황홀한 기분을 느끼고 싶어 어금니를 악물고 버텼다.

코요에게 흔들리는 채 몸을 흔들면서 치사토의 손은 여전히 이즈미의 손을 움켜쥐고 있었다. 단순히 떠내려가지 않으려고 매달려 있을 뿐인가, 아니면 이즈미의 손이라는 것을 알고서도 놓지 않으려 하는 것인가.

"......치사토."

생애 처음으로 사랑한 사람의 이름을 부른다.

마치 대답을 하듯이 분신을 조여서, 코요는 숨을 들이쉬는 동시에 쓴웃음을 지었다. 역시 치사토는 말보다도 능히 몸으로 대답을 한다. 그 단순한 반응이 너무나도 사랑스러워서 견딜 수 없다.

　　치사토의 몸을 범하고 구석구석까지 지배하면서 코요는 가까이에 있는 이즈미의 얼굴을 보았다. 이즈미는 범해지는 치사토의 몸이 아닌 황홀한 표정만 일심으로 바라보고 있다.

　　"치사토는! 주지 않을 게다!"

　　"……아앗!"

　　"알겠느냐……!"

　　강렬한 치사토에 대한 집착을 과시하며, 코요는 더욱 가녀린 몸을 유린했다. 불쌍할 정도로 바들바들 떨리는 허리를 단단히 잡고 이윽고 몇 번째인가 가장 깊숙한 곳을 찌른 순간, 그 장소에서 열을 내뿜는다.

　　"……!"

　　"아…… 아아…… 아……."

　　자신의 것이라고 확신할 수 있는 신체에 자신의 생명의 씨앗을 뿌린다. 남자의 몸인 치사토는 아이를 가질 수는 없지만, 코요에 대한 사랑이라는 큰 과실을 흐드러지게 맺을 터이다.

　　코요가 충족감에 젖어 치사토의 입술에 손가락을 대려고

했을 때,

"!"

그림자가 눈앞을 스쳤다.

'이즈미……?

이즈미가 눈을 감고 있는 치사토의 입술에…… 입맞춤을 한다.

"너……!"

이 자리에 있는 것을 허락한 것은 자신이었는데도 허가 없이 치사토를 만진 남자에게 맹렬한 질투를 느꼈다. 코요는 격정에 사로잡혀 이즈미의 목덜미를 잡고 힘껏 위로 치켜들었다. 그런 자신을 보는 이즈미의 눈은 무언가를 깨달은 것처럼 투명했다.

사랑하는 상대가 자신의 것이 아니라는 것을 똑똑히 보았는데 어떻게 이런 시선으로 볼 수 있는가.

"너……."

"……."

"……키, 마사?"

작은 목소리에 얼어붙은 시간이 움직이기 시작한다. 내려다본 치사토는 눈을 뜨고 멍한 눈빛으로 이쪽을─코요를 바라보고 있었다. 이 표정을 봐도 분명히 치사토는 지금 그 입맞춤이 이즈미의 것이었다는 것을 눈치채지 못한 것 같다.

아직 몸 안에 깊이 코요를 품은 채 천진난만한 표정을 짓고 있는 치사토를 보면, 자업자득의 질투를 한 자신이 정말 바보처럼 보인다.

"치사토."

이번에야말로, 코요는 자신이 치사토에게 입맞춤했다. 정신을 차린 것 같은 치사토는 이즈미의 존재를 걱정하는지 피하려고 했지만, 물론 용서하지 않고 입술을 맛본다.

"아, 응."

방금 전, 이즈미가 한 입맞춤의 느낌을 없애기 위해서도 지금은 양보할 수 없었다.

"다, 당신 말이야……."

"응?"

"……어휴, 참."

불평을 하기도 전에 포기했는지, 치사토는 크게 한숨을 쉬었다. 그때 아직도 몸이 겹쳐 있다는 것을 알아차렸는지 순식간에 얼굴을 새빨갛게 물들이며 가슴을 밀어제쳤다. 아직 힘이 들어가지 않는 팔에는 그리 위력은 없어, 코요는 그것을 손쉽게 받고는 무심코 웃고 만다. 그러자 치사토가 울컥해서 노려봤다.

마음이 서로 통했다고 생각했지만, 아무래도 아직 치사토를 다루려면 조심할 필요가 있는 것 같다. 하지만 그것이 기대된다고 생각하는 마음이 더 컸다.

그동안 치사토의 손과 이즈미의 손이 떨어져 버린 것도 기쁘다.

"힘드냐?"

"히, 힘드냐니, 아키마사, 당신."

"기운이 팔팔하면 다시 상대해 주거라."

"······으윽."

그렇게 말하면 치사토는 입을 조개처럼 다무는 것을 안다. 물론, 코요도 이대로 다시 한 번 안을 생각은 없었다. 아쉬운 것은 사실이지만, 그보다도 나라로 돌아가는 것이 우선이다.

"힘을 빼거라."

"······응."

가볍게 배를 쓰다듬고 치사토의 신체의 긴장이 풀린 틈을 타 성기를 빼낸다. 걸쭉한 액체가 분신과 봉오리를 이은 것이 보였지만, 그것을 언급하는 것은 그만두었다.

치사토는 계속 알몸인 것이 신경이 쓰여 못 견디겠는지, 벗긴 옷에 곧장 손을 뻗었지만, 코요가 몸소 손을 빌려주어 몸치장을 정돈해 주었다. 치사토는 몸이 더러운 것을 내내 신경 쓰고 있었지만 여기에서는 어쩔 수 없다.

그리고 옷을 입은 치사토가 자신의 다리로 일어서려고 했을 때, 그 전에 코요가 안아버렸다.

"잠깐?"

"돌아가자."

"뭐어?"

치사토는 이럴 줄은 전혀 생각지 못했는지 놀라서 외친다.

"기, 기다려 줘, 나, 아직!"

"아직 뭐냐?"

"아직 할머니에게 아무것도 말하지 않았고! 아버지랑 어머니한테도……!"

"시간이 지날수록 힘든 이별이 되지는 않겠느냐?"

"……!"

"두 번 다시 만날 수 없다고 정해진 것도 아니다. 영원한 이별이라고 생각하지 않으면 되지 않느냐."

궤변을 늘어놓고 있다는 것은 자각하고 있다. 확실히 다시 돌아올 수 있을지도 모르지만 그것을 확증하는 것은 무엇 하나 없다.

지금 여기에서 치사토가 한마디 '역시 안 갈래' 라는 말을 꺼내 버리면 이야기는 또 다시 처음으로 돌아간다. 아니, 설득은 더 어려워질 것이다.

비겁하다고 생각되더라도 나중에 역시 실수였다고 울더라도 코요는 오늘 이 자리에서 치사토를 데리고 돌아간다. 부모나 할머니와 이별을 하게 해줄 수 없다 해도, 한 번 잡은 손을 놓을 수는 없다.

놓아줄 수 없다.

"그런……."

치사토는 쉽게 받아들여지지 않는지 몇 번이나 고개를 저었다. 하지만 기다려 줄 수 없다. 그러지 않을 것이다.

"치사토."

"아키마사, 나, 나 아직……."

"시간이 지나면, 너의 마음은 굳어지겠느냐?"

숨을 삼키는 기운과 함께 치사토의 얼굴이 울 것처럼 일그러졌다. 이런 식으로 울리고 싶지는 않았지만, 이별의 시간을 연장하면 연장수록 괴로워지는 것은 치사토이다.

"나는……."

"……의식이 없는 채 데리고 가는 것이 좋았겠느냐?"

한참 동안 코요의 얼굴을 보고 있던 치사토는 이윽고 천천히 고개를 가로저었다.

"싫, 어."

"그러냐."

"……코미야."

"……이즈미."

코요의 품속에서 치사토는 나신을 가리듯이 몸을 움츠렸다. 코요도 더 이상 치사토를 보이고 싶지 않아서 일부러 깊이 끌어안았다.

"너, 정말 갈 생각이야?"

"……."

"아니지?"

"……나, 나……."

뭔가를 말하려고 한 치사토를 코요가 말리려고 한다. 그 전에 이즈미가 날카로운 눈빛을 보냈다.

"당신은 입 다물고 있어. ……코미야, 나는 네가 말하는 그쪽 세계가 어떤 곳인지 전혀 몰라. 너에게 잘해주는 상대도 있다고 했지만 그래도 다시는 돌아올 없을지도 모르잖아? 아줌마랑 아저씨랑 할머니하고도 이제 못 만날지도 모르는데, 그래도 이 녀석이랑 가려고?"

지금 말리지 않으면 이제 끝장이라는 것을 본능적으로 깨달았는지 이즈미는 모든 말을 다하여 치사토를 설득하였다.

육친도 다시 만나지 못하는 낯선 세계인데 그래도 후회하지 않을 것인가.

저쪽에 있을 때 치사토가 울면서 돌아오고 싶어 하던 세계. 그 세계를 다시 버리고 코요가 사는 세계로 내려가 줄 것인가.

코요는 치사토가 하는 대답이 듣고 싶지 않아, 꼭 껴안은 팔에 더욱 힘을 담았다. 거절의 말을 뱉는다고 하더라도 울면서 번복하더라도 이제 놓아줄 수 없다.

"……후회, 할지도……."

작은 속삭임이 코요의 가슴을 후벼팠다.

"치사토……."

"정말…… 나는 말이야, 틀림없이 바보일걸."

그렇게 말하고, 치사토의 손이 눈앞의 기모노를 세게 쥐었다. 떨어지지 않고자 하는 그 행동이 말로 표현할 수 없는 복잡한 치사토의 마음을 나타내고 있었다.

"널 좋아해."

결의에 찬 이즈미의 고백에, 품에 안긴 치사토의 몸이 크게 흔들린다.

"괴롭혀서 미안. 놀려대고 널 궁지에 몰아넣어서 미안. 날 싫어하더라도 괜찮으니까, 좋아해 주지 않아도 괜찮으니까, 코미야, 가지 마……."

마지막 애원에도 치사토는 대답하지 않았다. 하지만 얼굴을 파묻고 있는 코요의 가슴은 뜨거운 것으로 젖어 있었다.

"돌아가자."

"코미야!"

문득 옆으로 흘린 시선의 끝에는, 작은 창문 너머로는 정원이 보인다. 거기에는 몸집이 아담한 치사토의 할머니가 서 있었다. 평소라면 방에서 쉬고 있을 시간인데 뭔가에 이끌리듯 나온 것일까.

'코토노…….'

이 거리에서는 서로의 표정도 알아볼 수 없고 목소리도 들리지 않는다. 그래도 코요는 그녀가 미소 짓고 있다고 확신했다.

'네 소중한 손자는 반드시 내가 행복하게 해주마.'

지금 흘리고 있는 눈물이 후회의 눈물이 아니라 행복의 눈물이 되도록, 절대로 불행하게 만들지 않으리라.

코요는 멍하니 서 있는 이즈미의 옆을 빠져나가 한손으로 궤의 뚜껑을 열었다. 치사토 한 사람 정도라면 쏙 들어가 버릴 것 같은 큰 궤에, 안고 있던 치사토를 눕히듯이 넣는다.

"아……."

"역시나."

'지금이 그때라는 것인가.'

평상시라면 바닥에 닿았을 몸이 그대로 가라앉듯이 계속 안쪽으로 들어간다.

"아, 아키마사!"

치사토가 무서워서 큰 소리로 부르며 필사적으로 코요의 기모노를 잡았다. 코요는 그런 치사토를 안심시키듯이 미소를 보내고 자기 자신도 궤 속으로 주저 없이 들어갔다.

"안심하거라. 나도 함께 가느니라."

"코미야……!"

뒤에서 이즈미가 외쳤다.

"반드시, 데리러 갈 거야!"

가능할 리가 없다. 아니, 만약에 이즈미가 똑같이 그 나라에 올 수 있다고 해도.

"치사토는 나의 아내이니라."

그러자, 단번에 몸이 신기한 부유감 속으로 던져진다.

눈을 가늘게 뜨고 보아도 아무것도 보이지 않는 진정한 어둠 속에서, 코요는 손에 쥔 부드러운 몸을 절대로 놓지 않으리라고 꽉 껴안으면서 그대로 의식을 놓았다.

*   *   *

"폐하."

귀에 익숙한 목소리가 울리고, 코요는 반사적으로 눈을 떴다.

"주상! 왜 그러십니까?"

"……토모유키(知之)?"

가까이 있던 것은 소꿉친구이자 충신인 좌근위대장(左近衛大將), 나카츠카사 토모유키(中司知之)의 모습이다. 코요는 조금 묵직한 느낌이 드는 머리를 흔들고 천천히 주위를 둘러본다.

보름달이 비추는 밤.

정비된 정원수와 익숙한 장엄한 건물. 잘못 볼 리도 없니, 이곳은 코요가 사는 광려전이었다.

"……돌아왔는가?"

자기도 모르게 큰 안도의 숨을 내쉬었다. 돌아오겠노라고 강하게 결의했지만, 확증을 얻지 못하고 한 행동에는 얼마 안 되는 불안 요소도 남아 있었다. 사랑하는 치사토가 곁에 있다면 괜찮다고 생각했지만 물론 자신이 통치하는 코요의 시대가 어찌 되어도 좋다고 생각하는 것도 아니다.

그래서 이렇게 무사히 돌아올 것이 정말 기뻤다.

"……치사토."

치사토는 여전히 정신을 잃었는지 눈을 감은 채 코요의 품속에 분명히 존재하고 있었다. 천계를 떠났을 때와 같은 간소한 복장, 그러고 보니 코요 자신도 거기서 입은 옷을 입은 그대로였다.

"그 모습은…… 설마 도적이?"

"진정하거라, 토모유키."

"어떻게 진정을 할 수가 있겠습니까!"

이 땅을 떠난 것은 불과 며칠. 그러나 더없이 그립게 느껴졌다.

항상 귀찮게 여겨지기까지 하던 고지식한 나카츠카사의 쓴 소리가 오늘 밤만큼은 듣기 좋게 느껴지는 자신의 타산적인 태도에 쓴웃음이 새어나오지만, 치사토가 스스로의 의사로 따라와 준 것을 생각하면 그 정도 들뜨는 것도 어쩔

수 없다.

엷게 입은 탓에 무의식적으로 몸을 떤 치사토를 더 깊이 품에 안자 옆에 무릎을 꿇은 나카츠카사가 험한 표정으로 물어보았다.

"그 팔에 안고 있는 자의 정체는 무엇입니까?"

"무슨 말을 하는 게냐? 치사토가 아니냐."

"……치사토?"

나카츠카사는 눈썹을 점점 더 깊이 찌푸리고 있다.

그 반응에 코요는 위화감을 느꼈다.

"황송하오나 제가 만난 적은 없습니다. 폐하께옵서 비밀리에 데려온 여인입니까?"

코요는 나카츠카사에게 한순간 걱정을 끼쳤기에 일부러 이런 식으로 물어보는 건가 생각했다. 하지만 잘 생각하면 고지식한 것이 장점인 이 남자가 지금 이 상황에서 그런 망언을 할 거라는 생각은 들지 않는다.

'그래, 이곳은…….'

치사토와 함께 천계에 갔던 것은 피로연이 거행된 밤이다.

도망칠지도 모르는 치사토를 경계하는 가운데 도적이 침입했을지도 모른다는 소식을 듣고 달려왔더니, 사실은 치사토가 술수를 부려 농락한 것이라고 추측한 후 서둘러 광려전으로 돌아와―

'그 소란 속에서 사라진 나를 찾고 있었을 터인데……'

때때로 경비가 든 불빛이 교차하는 것은 보이지만 항상 보내는 밤과 변함없을 정도의 고요함.

도저히 천황이 사라져 버렸다는 비상사태라고는 생각되지 않는다.

"……토모유키."

"예."

"너, 치사토를 모르는 게 맞느냐?"

다짐하자 나카츠카사는 품 안의 치사토를 본 후 시선을 하늘로 돌려 말했다.

"아는 바 없습니다. 방금 전 눈부신 빛을 하늘에서 보고 초소에서 급히 달려왔더니, 폐하께옵서 그자를 안고 그곳에 계시더군요."

"……그런가."

'나는 그때로, 치사토와 만난 밤으로 돌아온 겐가……'

시끄러운 주위의 소음을 한탄하며 정원에 나왔을 때 하늘에서 치사토가 천천히 춤추듯 내려온 운명의 밤.

그로부터 분명 일 개월 이상 경과하였는데, 운명의 장난인지, 코요는 다시금 치시토과 치음 만난 때로 돌이와 버린 것 같다.

처문도 피로연도 아직 아무것도 거행되지 않았던 그때.

신비롭게 나타난 치사토에게 흥미는 있었지만, 나중에

정실로 맞아들일 줄은 꿈에도 몰랐던 그날 밤.

"폐하?"

"……또 다시 처음부터인가."

처문을 하여 사실상의 아내가 된 후 재차 피로연을 거행한다. 반복하려면 수고와 시간이 걸리지만 지금 코요의 마음속에 있는 것은 기대와 고양감뿐이다. 치사토의 마음이 자신에게 있다고 믿을 수 있기에 그렇게 느끼는지도 모른다.

코요는 치사토를 내려다보았다. 안자마자 데려왔기 때문에 정교 후의 촉촉한 매력이 묻어났다.

그런 치사토의 모습은 비록 나카츠카사라 할지라도 보이고 싶지 않아서, 코요는 곧바로 일어서서 말없이 걷기 시작했다. 물론 나카츠카사도 그 자리에 남아 있을 리가 없어, 빠른 걸음으로 코요의 뒤를 쫓아온다.

"폐하!"

"뭐냐."

"그자를 어떻게 하실 생각이십니까? 설마 이대로 광려전으로 데려가실 생각은……."

"즉시 따뜻한 물을 준비해라. 그리고 치사토…… 이자에게 어울리는 기모노…… 옳지, 마츠카제(松風)를 부르거라."

지금이 치사토가 이 세계에 온 첫날밤이라면 당연히 마츠카제도 치사토에 대해 모른다. 하지만 지금의 마츠카제가 코요처럼 치사토를 소중히 생각하듯이, 이번에도 또 금방 정성을 다해주게 될 것이다. 치사토는 왜인지 살뜰하게 보살펴 주고 싶어지는 분위기를 가지고 있다.

"폐하, 기다려 주십시오!"

"시끄럽구나. 하고 싶은 말이 있다면 걸으면서 하거라."

코요는 한시라도 빨리 치사토를 따뜻한 곳으로 데려다주고 싶은 마음에, 발걸음을 멈추지 않은 채 나카츠카사를 재촉했다.

"기다려 주십시오. 태생도 알 수 없는 자를 폐하 곁에 둘 수는 없습니다. 어떤 목적으로 천황인 당신의 침소까지 숨어들었는지 배후에 있는 자의 이름을 캐내어서…… 폐하!"

등 뒤로 들리는 나카츠키사의 충언을 들으며 코요가 무심코 웃음을 터뜨린 것을 나무란다. 그래도 치사토에게 쓸데없는 걱정을 품은 나카츠카사가 우스웠다.

치사토와 처음 만나는 나카츠카사가 최악의 상황을 생각하는 것은 당연하다. 이전에도 치사토를 좀처럼 신용하지 않고 의심하는 눈초리로 보는 기간이 길었다. 아마 지금부터도 상당한 시간이 걸릴 테지만, 그때와 지금의 치사토는 그 심경이 하늘과 땅만치 다르다고 생각한다.

'어서 깨어나거라.'

고른 숨소리를 보아 몸에 이상은 없는 것 같다. 안고 나서 바로 이곳에 데려왔기 때문에 체력이 다한 것이리라. 코요의 발걸음은 점점 빨라졌다.

"폐하! 기다려 주십시오!"

"토모유키, 이자는, 치사토는 내 아내가 될 자다."

"……엥?"

들어본 적이 없는 얼빠진 나카츠카사의 목소리에, 그 얼굴이 어떤 표정을 짓고 있는지 뒤돌아보고 싶다.

'뭐, 그 무렵의 나는 새 아내를 맞이할 생각은 추호도 없었고 말이지.'

제일 가까이 있는 나카츠카사는 그런 코요의 생각을 아는 몇 안 되는 사람이다. 그러던 코요가 갑자기 새로운 아내라는 말을 꺼내면 놀라는 것도 무리는 아니다.

"아내라니, 아, 아니, 그자, 아가씨는 어느 집안 따님이십니까?"

"아니다."

"네?"

"치사토는 남자다."

"나, 남자?"

이번에야말로 혼란에 빠진 듯한 나카츠카사의 목소리에 코요는 참지 못하고 소리 내어 웃고 말았다.

"게다가, 어느 집안 아가씨가 아니다. 하늘에서 보내신 나의 소중한 사람이다."

"기, 기다려 주십시오, 폐하!"

"얼른 오거라."

코요가 다시 한 말에 나카츠카사는 이유도 모른 채 달리는 꼴이 되어버렸다.

코요는 자신의 사실(私室)에 잠자리를 준비하게 하고 스스로의 손으로 치사토의 몸을 닦았다. 몸 안에 토한 정액도 손가락으로 긁어내고 따뜻한 물에 적신 천으로 피부를 닦았다.

딱딱한 바닥에서 몸을 혹사시켰기 때문에 가능하면 부드러운 데 눕히고 싶었지만, 아쉽게도 여기에는 치사토의 세계 같은 침구는 없다. 그래도 코요는 몇 장이나 기모노를 깔아 가능한 한 편안한 자리를 만들려고 마음을 썼다.

"……."

바로 옆에는 궁녀인 마츠카제가 대기하고 있었다.

마츠카제는 처음에는 얇은 기모노 차림의 코요를 보고 놀라고, 이어서 잠들어 있는 치사토를 보고 눈을 동그랗게 떴지만, 자진해서 돌봐주는 코요를 말없이 도우면서 괜히 말참견을 하지는 않았다.

치사토의 보습을 보고 정교 후라는 것은 알아보았을 것이다. 그 상대가 코요라는 것도 바로 짐작을 했으리라.

그래도 조용히 대기하고 있다.

"기분이 좋으냐?"

다소 개운해진 듯 보이는 치사토에게 말을 걸고 손바닥으로 보드라운 뺨을 쓸었다. 조금 창백한 것 같아서 걱정이 된다.

"……폐하, 갈아입으실 자의(紫衣)이옵니다."

"……아아, 그렇군."

그 말을 들을 때까지 자신에 대해서는 잊어버린 코요는 마츠카제의 재촉을 받고 얇은 홑겹 옷을 벗었다. 띠 하나 두르고 입었던 그것은 매우 쉽게 벗고 입을 수 있다. 몇 겹이나 되는 화려한 옷을 겹쳐 입는 것이 상류층 인간의 사회적 지위와 신분을 상징하는 것이기도 하지만, 짧은 기간 동안 저쪽에 가서 그 기능적인 옷차림을 보고 나니 몸을 꾸미는 것만이 전부는 아니라는 생각이 들었다.

"……이 기모노는……."

"치사토의 조모님에게 빌린 것이다."

"……치사토, 님."

마츠카제가 치사토를 뒤돌아보자 덩달아 코요도 곁눈질하고는 급히 다가갔다.

'……역시 창백하구나.'

아무래도 신경이 쓰여서 코요는 그 자리에 털썩 앉으면서 마츠카제에 명령했다.

"마츠카제, 솜옷을 가져오거라."

"예."

"아니, 화로를 모아서⋯⋯."

"폐하."

조금이라도 빨리 치사토를 따뜻하게 해주고 싶은데, 어째서인지 마츠카제는 그 자리에서 움직이지 않고 코요를 불렀다. 대체 뭐냐며 따가운 시선을 보내도 마츠카제는 주춤대는 기색도 보이지 않았다.

"이분은 어느 집안 도련님입니까?"

"치사토는 천인이다."

나카츠카사와 달리 코요가 몸을 닦아주는 모습을 보고 있었던 마츠카제는 치사토가 남자라는 것은 알고 있다. 입고 있는 옷은 차치하고, 그 피부는 상처 하나 없는 아름다운 것으로, 그 때문인지 어딘가의 귀족 집안 자제라고 생각했던 것 같다.

"⋯⋯천인이라 하셨사옵니까?"

"그렇다."

"⋯⋯그 말씀은 무슨 뜻이옵니까."

"마츠카제."

"소인에게는 이 광려전을 관리하는 책임이 있사옵니다. 아무것도 모른 채, 폐하께옵서 기거하시는 이 광려전에 들일 수는 없습니다."

천황이 코요가 정한 것은 아무리 권한이 있는 사람이라고 절대로 거역할 수 없다. 그러나 책임 있는 입장으로서,

정체불명의 인간을 무턱대고 받아들일 수 없다고 마츠카제는 단언했다.

그 고지식한 면은 나카츠카사와도 일맥상통하는 것으로, 아직 젊은데도 자신의 내전 일체를 맡긴 것도 코요가 그런 마츠카제의 성품을 바람직하게 생각하였기 때문이다.

이번 일에 대해 마츠카제가 이런 말을 꺼낸 것도 이해가 되었다. 전혀 아무것도 설명하지 않는 쪽이 나쁘다는 것도.

하지만 코요 자신도 치사토에 대해 설명할 말을 찾을 수 없었다.

"……마츠카제, 치사토는 내가 간신히 찾아낸, 진심으로 사랑하는 자이니라."

"폐하……."

"치사토는 모든 것을 버리고 나와 함께 이 세상에 와주었다. 그 마음을 내가 받아들여 언제라도, 누구에게서도 치사토를 지키겠다고 맹세하였느니라."

깨어났을 때 치사토는 어떤 표정을 지을까. 스스로 결정했다고는 해도, 부모와 할머니를, 살아온 나라를 버리고 온 것을 후회하고 눈물을 흘리지는 않을까.

그런 치사토 곁에 머무르면서 불안과 외로움이 없어질 때까지 계속 안아주고 싶다. 그것을 할 수 있는 것은 자신뿐이고 마땅히 그렇게 해야 한다고 생각한다.

치사토를 응시하는 코요의 귀에 천이 바스락대는 소리가

들렸다.

"말씀하신 것을 준비하겠습니다."

"마츠카제."

"폐하께옵서 그렇게 생각하는 분이라면 소인도 목숨을 걸고 지킬 뿐이옵니다."

치사토에게 누나 같은 존재였던 마츠카제는 아무래도 이번에도 든든한 아군이 되어줄 것 같다.

"부탁하네."

"……네."

지금까지 해본 적 없는 말을 하자, 마츠카제는 순간 흠칫하고 놀라더니 방을 나갔다.

*   *   *

'……딱딱해…….'

허리가 아파서 치사토는 뒤척였다. 하지만 방향을 바꾸어도 이번에는 몸 옆이 아플 뿐이지 아무것도 변하지 않는다.

이불 위에서 자고 있었는데…… 혹시 잠버릇이 나빠서 바닥으로 떨어진 것일까.

그렇다면 이불 위로 다시 올라가자며 천천히 눈을 뜬 치사토는,

"……어?"

시야에 들어온 것을 보고 무심코 외쳤다.

그것은 깨끗한 천으로 만들어진 커튼…… 아니, 삼면이 둘러싸여 한쪽만 입구가 열린 캐노피…… 옛날 침대일까…… 그 비슷한 것이다.

지금 자신이 누워 있는 것은 삼 조 정도 되는 다다미 위이고 기모노 몇 장이 침대 시트 대신 있고, 반사적으로 일어나자 몸을 덮고 있던, 아래 깐 것과 마찬가지인 기모노가 후드득 떨어졌다.

"여긴……!"

치사토는 침상 밖으로 뛰쳐나왔다.

"……역시……."

넓은 방.

복도에 나란히 놓인 휘장과 발. 가늘게 조각된 격자.

자기 몸을 내려다보았더니 흰 기모노가 입혀져 있다.

"……왔구나……."

각오는 하고 있었다. 코요와 함께 그 세계로 가는 것을 납득하고 있었지만 실제로 그것이 현실이 되어버리면 어쩔 수 없이 가슴이 조여드는 느낌이 들었다.

싫으면 다시 돌아오면 된다고 강경 발언을 하긴 했지만, 이제 절대 원래 세계로 돌아갈 수 없는 것일까.

두 번 다시 부모님과 할머니를 만날 수 없는 것일까.

자신의 각오는 그 정도로 물러터졌는지 지금 와서 새삼 울 뻔했지만, 그래도 누군가에게 주체 못하는 감정을 부딪 칠 수는 없다.

결정한 것은 다른 누구도 아닌 자기 자신이다.

"눈을 뜨셨습니까?"

"!"

그때 갑자기 들린 목소리에 치사토는 반사적으로 고개를 들었다.

"아······."

"기분은 어떠십니까?"

뒤돌아보았더니 마츠카제가 있었다. 계속 치사토를 돌 봐준, 이 세상에서 의지가 되는 자기편이라고 해도 좋다. 주인인 코요에 대해서도 기본적으로 순종적이지만 치사토 의 일로는 때때로 단호히 의견을 제시해 주었다.

그런 그녀마저 속이고 치사토는 그날 밤 도망쳐 버린 것 이다. 큰 걱정을 끼쳤을 테고 슬프게 했는지도 모른다.

"······미안, 마츠카제······."

그저 사과하는 수밖에 없어 고개를 숙인 치사토에게 돌 아온 것은 뜻밖의 말이었다.

"저의 이름을 알고 계십니까?"

"어?"

"예?"

"그치만······ 어어?"

"존함은 치사토님이라 하면 될는지요?"

마치 치사토에 대해 전혀 모르는 것 같은 마츠카제의 태도에 당황했다. 정말 신기하다는 듯한 표정을 봐도 심술부리느라 모르는 척 하는 것 같지는 않다.

분명히 여기에 있는 마츠카제는 '치사토에 대해 모르는' 것 같다.

"······그, 그러고 보니 아키마사는?"

그러고 보니 깨어나면 당연히 있으리라고 생각했던 코요가 자리에 없었다. 설마 뿔뿔이 떨어진 것일까? 아니면 코요는 돌아오지 못한 것일까.

치사토가 초조해하며 묻자 마츠카제 조금 눈살을 찌푸리며 조용히 대답해 주었다.

"폐하께옵서는 급한 소용(所用)으로 자리를 비우셨사옵니다. 방금 전까지 치사토님의 옆에 계셨습니다."

"그, 그렇구나."

'아키마사도 이쪽에 왔구나······.'

안도하자 왠지 갑자기 어깨의 힘이 빠졌다.

"치사토님."

"왜, 왜 그래?"

하지만 말투를 바꾼 마츠카제의 모습에 왠지 등이 곧게 펴진다.

"폐하를 아명으로 부르고 계시지만 말씀에는 부디 조심하시기를 바라옵니다. 폐하께옵서는 이 일국[日の國]의 정점에 계신 분이십니다."

"아…… 네."

'마츠카제, 혹시……'

금방 눈치채지 못했지만 아무래도 마츠카제는 자신을 까맣게 잊고 있는 것 같다. 아니, 재차 이름을 묻는다는 것은 이것이 첫 대면이라는 소리도 된다.

치사토가 원래 세계로 돌아왔을 때, 한 달 이상 사라졌는데도 실제로는 이 세계에 떨어진 당일로 돌아왔다. 어쩌면 지금도 본래라면 피로연 며칠 후여야 하지만 치사토가 이 세계에 처음 온 날로 돌아가 버린 것은 아닐까.

'그러면…… 전부 없던 일로?'

처문도.

코요에게서 도망친 것도.

피로연도.

지금 이 시점에는 그 어떤 것도 일어나지 않은 일인가.

"저, 저기."

"예."

남처럼 서먹서먹한 마츠카제를 보고 왠지 굉장히 외로워졌다. 치사토에게는 의지가 되는, 이 세상에서 누나 같은 존재였던 그녀와 다시 처음부터 관계를 쌓아야 한다는 것은 솔직히 힘들다.

심지어 모든 것을 두고 여기에 돌아온 의미가 정말 있는 것일까 하는 생각마저 들었다.

'……벌써 후회하면 어쩌자는 거야!'

다시 생각해야 한다.

그저 원래 세계로 돌아가고 싶었던 지난번과는 달리, 이번에 치사토는 자신의 의사로 코요와 함께 오기를 바랐다.

정말 마지막 순간까지 도망치고 싶다고 생각해서는 안 된다.

"치사토!"

"!"

어쨌든, 진정하려고 크게 심호흡을 했을 때, 분주한 발소리와 함께 복도 저편에서 목소리가 들렸다.

동시에 발이 홱 올라가더니 웬일로 초조해하는 것 같은 코요의 모습이 나타난다.

"……치사토."

코요는 일어나 있는 치사토를 보고 정말 안심한 것처럼 긴장된 표정을 풀었다.

"눈을 떴구나."

"응…… 아까 전에."

"곁에 있지 않아서 불안하게 만들었구나. 미안하다."

"어…… 아……."

즉시 사과하는 코요를 보고 마츠카제는 깜짝 놀랐지만 치사토도 내심 놀라서 눈을 끔뻑였다.

평소의 코요라면 여유로운 미소로 치사토와 대면하리라고 생각했기 때문이다. 그런데 정말 걱정했다는 속내를 숨기지 않고 보여준 것이, 코요가 변했다는 것을 새삼 느끼게 했다.

'……나도…….'

없었던 것이 된 한 달간. 하지만 그 시간은 분명 치사토 안에는 남아 있다.

그리고 원래 세계로 돌아온 며칠 동안도 잊을 수 있을 리가 없다.

그것을 쓸모없는 것으로 만들 수는 없다.

"……괜찮아."

"치사토."

반발도 분노도 하지 않는 치사토를 보고 코요는 눈을 가늘게 뜨고 미소를 짓고 있다. 말로하지 않아도 치사토가 어떤 결의를 했는지 제대로 이해해 주는 것이다.

"치사토, 이자는 마츠카제라고 한다. 앞으로 너를 섬길 궁녀이니라."

"폐하?"

코요는 치사토의 곁으로 오더니 살짝 어깨를 껴안았다. 큰 손에 안겨 단단히 가슴에 받아들여져 치사토는 자신이 안심하고 있는 것을 깨달았다.

"마츠카제, 치사토는 내 아내…… 정실로 맞이할 소중한 몸이다. 부디 사소한 일까지도 마음을 써주어라."

"황후…… 허나, 이분은……."

말을 더듬는 마츠카제에 코요는 말을 이었다.

"여인이 아니어도 상관없다, 아니, 치사토가 아니면 새로 부인을 맞이할 생각도 없었다. 마츠카제, 나와 치사토의 편이 되어주지 않겠느냐."

아무래도 잠든 사이에 마츠카제에게는 치사토가 남자라는 것을 들켜 버린 것 같다. 그리고 역시 성별 때문에 난색을 표하고 있다.

천황이라는 입장의 인간에게, 남자가 아내로 곁에 있다는 건 쉽게 인정되지 않는 것은 알고 있고, 애초에 치사토도 그것에 대해 처음에는 혐오감을 품었다.

남자끼리도 섹스를 할 수 있다는 것을 억지로 배우고 엉겁결에 떠밀려서 한 형태다.

지금도 사실대로 말하자면 이것은 마음의 큰 걸림돌이 되어 있다. 섹스할 수 있는지 아닌지는 별개로, 남자이면서 아내라는 입장이 되는 것은 역시 이상하다고 생각한다.

하지만 그것이 가장 자연스럽게 코요의 곁에 있을 수 있는 이유가 되는 것 또한 사실이다.

"폐하……."

"저, 저기!"

이대로 코요에게만 의지해서는 안 된다. 처음부터 다시 할 수 있다면—치사토도 스스로 고개를 숙였다.

"잘 부탁합니다."

마츠카제는 즉시 대답해 주지 않는다.

'어, 어쩌지……'

다른 어떤 말을 하면 될까. 초조해하는 치사토를 안는 코요의 손의 힘이 한층 더 강해졌다.

'……응, 알고 있어.'

여기에는 코요도 함께 있다. 두 사람이 함께 생각해도 되는 것이다.

"……부디 존인을 들어주십시오."

그러나 코요가 입을 열기 전에 마츠카제가 먼저 말을 꺼냈다.

"폐하의 소중한 분이 그렇게 말씀하신 이상 저도 최대한 힘이 될 수 있도록 하겠습니다."

"마츠카제……!"

"황송하오나 이토록 누군가를 소중히 하시는 폐하의 모습, 저는 처음 봅니다."

"마츠카제."

무심코 그 이름을 부르는 코요의 목소리와 동시에 꼬르륵 하고 치사토의 배가 울리는 소리가 겹쳤다. 잠시 침묵이

지나난 후 소리 내어 웃는 코요와 소매로 입가를 누르면서 어깨를 떨고 있는 마츠카제를 보고 순식간에 치사토의 얼굴이 달아올랐다.

'이, 이렇게 분위기 좋을 때~'

"지금 바로 드실 것을 가지고 오게 하겠사옵니다."

"미, 미안해요!"

아무래도 긴장감 없는 결과가 되어버렸지만, 그래도 마츠카제는 아군이 되어줄 것 같다.

분위기 파악도 못하고 울린 배를 채우기 위해 마츠카제가 방을 나가자 치사토는 가만히 자신을 내려다보고 있는 코요의 시선을 깨달았다.

십중팔구 방금 전 일로 놀려대겠거니 하고 경계했지만, 뜨거움과 따스함이 뒤섞인 눈빛을 보낸 코요는 갑자기 치사토를 껴안았다.

"우와악, 뭐, 뭐야?"

반사적으로 도망치려고 몸부림쳤지만, 코요는 치사토의 어깨에 얼굴을 감추고는 잠시 아무 말도 하지 않았다.

"아키마사?"

"……."

"……왜 그래?"

안으려 드는 손은 발칙한 움직임을 보이지 않아서 어쩐지 기분이 이상하다. 치사토는 비교적 자유로운 오른손으로 그 등을 톡톡 어색하게 두드렸다.

"이봐."

"……됐다."

"어?"

"네가 나와 오기로 결단해 줘서 정말 잘됐구나."

"……."

중얼거리듯이 작게 말한 그 말에 치사토는 눈을 크게 떴다.

'그런 생각을 하고 있었구나.'

치사토의 눈에는 여유만만하게 보였지만, 아무래도 코요는 치사토가 이 세계에 온 것을 당연하게 생각지는 않았던 것 같다. 그러고도 그 태도였냐고 생각하면 조금 기가 막히지만, 코요에게도 그 며칠 동안이 수라장이었다는 걸 알자 기쁘다는 생각이 든다.

"……싫으면 곧장 돌아갈 거라니깐."

"그런 일은 있을 수 없다."

조금 여유를 가지고 대답하자 일변하여 자신 있게 말한다.

"어떻게 그런 걸 아는데?"

"네가 나를 사랑하고 있기 때문이다."

"……엥?"

"아니냐?"

"바, 바보 아냐? 사, 사랑이라니, 나는 지금까지 그런 소리 한마디도 한 적 없거든!"

"말하지 않아도 안다."

즉시 부정했지만, 왠지 코요는 즐겁게 웃고 있다. 사랑을 부정했는데 뭐가 그렇게 재미있는 걸까 하고 치사토는 입을 다물고, 당분간은 코요와 말문을 트지 않겠노라고 결의했다.

모든 것을 처음부터 다시 하게 되었다.

약간은 이 세상의 것에 익숙해져 있었고, 치사토 자신은 이번에는 스스로 익숙해지려고 노력한 탓에 마츠카제 외에, 광려전에서 일하는 궁녀들과 초기에 허물없이 지내게 되었다.

지금은 아직 오오카(櫻花)는 입궁하지 않았지만, 그 이야기는 나오고 있는 것 같다.

'왠지 역사 교과서를 읽은 기분이야.'

과거에 있었던 사건을 객관적으로 읽고 있는 것처럼 눈앞에서 일어나고 있는 사건에 대하여 (자기가 생각하기에는) 침착하게 대처할 수 있었던 것 같다.

원래 살던 세계에 대해서는 역시 생각이 난다.

아무 말도 없이 떠나 버렸기 때문에 부모님과 할머니에 대해서는 아무래도 걱정이 되어서, 생각하는 동안 눈물이 차오를 때도 있었다.

그래도 자신이 선택한 것을 후회하지 않도록 해야 한다고 스스로를 타이르며 치사토는 애써 밝게 행동하고 있었다.

단지, 역시 천적이라고 느끼는 것은 변하지 않는 모양이라—

"어디로 가시는 것입니까?"

"으악!"

마츠카제 몰래 저택 내 탐험을 떠나려고 한 치사토는 뒤에서 부르는 소리를 듣고 몸이 얼어붙었다.

조심스럽게 되돌아보자 거기에는 나카츠카사가 대기하고 있었다.

이번만큼은 자신에게서 도망치지 않겠다고 코요에게 약속하고, 치사토 나름대로 실천하고 있는데 코요는 나카츠카사까지 자신의 호위로 붙여 버렸다. 치사토의 입장상 그것은 어쩔 수 없다. 어쩔 수 없다고는 생각하지만…… 역시, 궁합은 좋지 않은 것 같다.

"치사토님."

"어, 그러니깐."

실제로 어디로 가겠다는 명확한 목적은 없었다. 다만, 아직도 모르는 것이 많은 이 세상에 대해 스스로 적극적으로 공부하려고 움직이고 있을 뿐이다.

코요도 기본적으로 그런 치사토의 생각을 존중해 주지만, 혼자서 다니게 하는 것은 걱정이 되는 모양이다. 여자라면 그럴 수 있을지도 모르지만, 남자인 자신에게, 저택 안에서까지 누군가를 붙일 필요는 없지 않을까 하는 것이 솔직한 마음이다.

"……."

"딱히 정하시지는 않은 모양이로군요."

"우……."

"그렇다면 얌전히 방에 계시지요."

"그건 알고 있지만……."

사실은 그게 아니었다. 이 세계에 되돌아오고 나서 진정이 되자마자 즉시 꼭 만나고 싶은 사람이 있었던 것이다.

하지만 그 이름을 쉽게 입 밖으로 내어도 될지 알 수가 없어, 다른 일을 하면서 관심을 돌리고 있었지만 나카츠카사가 이렇게까지 말한 이상 과감하게 말해보기로 했다.

"저기……."

"네."

"저, 저기, 장인소(藏人所)라는 곳, 있잖아요? 거기, 사이죠 키요시게(西條淸重)라는 사람이 있을 거라고 생각하는데……."

"……사이죠, 라고요."

어째서인지 갑자기 나카츠카사의 태도가 딱딱해진 것을

알 수 있었다. 그것은 두르고 있는 분위기뿐만 아니라 표정에도 나타나 치사토는 무의식적으로 몇 걸음 뒷걸음질 쳤다.

"어째서 당신이 사이죠에 대해 알고 계십니까? 혹시, 좌대신님과 관계가 있기라도……."

"어, 아, 아니에요!"

"그럼 왜 그 이름을 알고 계십니까?"

"그러니까, 그것은……."

"다른 것은 어린아이보다도 무지하신데 관계도 없는 두중장(頭中將)의 이름을 알고 계시다니, 그냥 듣고 넘길 수 없습니다. 치사토님, 천천히 이야기를 하고 싶군요."

"……!"

'최, 최악이야~'

결코 도망치는 것을 허락지 않을 것 같은 나카츠카사의 일련의 말에 치사토는 딱딱한 미소를 띠는 것밖에 할 수 없다.

여기까지 와서 겨우 치사토는 키요시게의 아버지가 코요와 사이가 나쁘다는 사실을 떠올렸다. 상세한 경위는 모르겠지만, 확실히 이전에 치사토가 신세를 졌던 하기노(萩野)의 정적이었을 것이다.

치사토로서는 가장 성가시게 만들었다는 자각이 있는 키요시게에게 먼저 사과하고 싶은 마음에 그 이름을 꺼냈는

데, 나카츠카사는 치사토가 뒤에서 사이죠가와 이어져 있다는 의혹을 품게 된 것 같다.

실제로 일어나지 않은 일에 대한 사죄라니, 아무리 설명하려 해도 모르는 상대에게는 통용되지 않는다. 치사토는 조바심 내며 어떻게 하면 좋을지 몰라 내심 당황해 버렸다.

'아키마사한테서 들었다고 말해도 믿어주지 않을 것이고, 이전부터 아는 사이라고 하면 쓸데 의심받을 것 같고.'

"치사토님."

"그, 그게!"

생각난 것을 곧장 입 밖으로 내는 법이 아니다. 치사토는 그것을 재차 몸소 깨달으면서 어떻게든 나카츠카사의 의혹을 풀어주려 대충 아무렇게나 줄거리를 짜보았다.

"아, 아키마사가 키요시게 씨의 능력을 높게 사고 있는데, 근데 아버지 때문에 조금 거리가 있어서, 그럼 내가 중개하면 문제없지 않을까 생각해서요!"

"······."

"아버지가 나쁜 사람이라도 자식까지 그렇다고는 할 수 없잖아요! 나, 키요시게 씨는 좋은 사람이라고 생각해요! 앗, 무, 물론 만나본 적은 없지만요?! 하지만 그, 아, 이름! 이름을 보고 그렇게 점을 쳐서요!"

'내가 무슨 말을 하는 거지~?'

자기가 생각하기에도 괜히 더 이상하게 여겨도 어쩔 수

없다는 느낌이 들 정도로 흥분하고 말았지만 그래도 키요시게가 좋은 사람이라는 것은 확실하다고 이해하게 하려고 필사적으로 말했다.

치사토가 코요에게서 도망치고 싶어 할 때, 키요시게는 아무리 아버지의 일이 있다 해도 코요를 배신하면서까지 도움을 주려고 했다. 그 안에는 코요를 이기고 싶은 마음이 있었을 지도 모르지만, 남을 정성껏 보살피는 성격은 진짜라고 생각한다.

'지금이라면, 키요시게 씨는 아키마사를 배신하지 않았고!'

톱니바퀴를 반대 방향으로 돌려보면 키요시게의 코요에 대한 생각도 변화하지는 않을까.

나카츠카사는 입을 다문 채 치사토의 이야기를 듣고 있다. 미간의 주름은 사라지지 않지만, 그래도 즉각적인 반론은 나오지 않는다.

이해해 준 것일까, 아니면 기가 차서 말도 안 나오는 것일까. 치사토는 판단을 할 수 없어 결국 입을 다물었다.

"……."

"……."

"……."

그러나 계속되는 무거운 침묵에, '역시 어쩔 수 없었던 걸까' 라며 침울해졌다.

　　　　　*　　　　*　　　　*

　"폐하, 드릴 말씀이 있습니다."

　정무 중간에 나카츠카사가 나타났다.

　코요는 달리게 했던 붓을 멈춘다. 지금 하고 있는 일은
한 달 정도 전에 이미 끝마친 적 있는 것이다. 그때는 여러
가지를 고려하면서 진행했지만 이번에는 두 번째라서 처리
속도는 현격한 차이가 있다.

　아니, 게다가 이전보다 더 좋은 방법이 있었던 것은 아닐
까 재고할 수도 있어서 결과적으로 더 나은 방향으로 행정
을 진행할 수 있다는 것을 느끼고 있었다.

　"무슨 일이냐."

　"치사토님의 일입니다."

　"치사토? 이리 들거라."

　치사토와 함께 이곳에 돌아오고 나서 이미 며칠이 지났
다.

　치사토는 적극적으로 마츠카제나 다른 궁녀들과 관여하
며 서서히 마음을 터놓고 있는 것 같고, 이전의 관계에 조
금씩 가까워지고 있었다.

　그 이외에도 이번에 치사토는 스스로 이 세상을 알려고
하고 있다. 속으로는 부모님과 할머니, 살아온 세계를 그리

워하겠지만 그래도 앞으로 나아가려 애쓰는 모습이 대견하여 견딜 수 없었다.

그런 치사토를 보고 있기 때문에 코요도 신뢰하고 꽤 자유롭게 지낼 수 있도록 배려도 하고 있었지만 걱정은 끝이 없기 때문에 제일가는 충신인 나카츠카사를 호위로 붙이고 있다.

좌근위대장이라는 중역을 맡고 있는 남자에게 아직 정식 아내도 아닌 치사토의 호위를 맡기려 하니 상당한 쓴 소리도 들었지만, 그래도 코요 자신이 안심하기 위해서도 그 의견을 고수했다.

나카츠카사에서는 매일 보고가 들어오고 그 치사토의 행동에 대한 의견도 언급했지만, 아직 해가 중천에 떠 있는데 임무를 내버려 두고 여기까지 올 만한 정도의 문제가 일어나 버렸는가 하고 가슴이 술렁댔다.

"실례합니다."

양해를 구하고 안에 들어온 나카츠카사는 정중하게 인사를 올렸다.

"치사토한테 무슨 일이냐."

서론 없이 즉시 말하자, 한순간의 침묵 후 나카츠카사가 말을 꺼냈다.

"폐하, 그분은 정말 하늘의 아이입니까?"

"뭐?"

"이 세상의 모든 것을 꿰뚫어보는 힘이 있는지요?"

나카츠카사의 말을 듣고 코요는 눈살을 찡그렸다.

"무슨 말인가?"

"……오늘 가고 싶은 곳이 있으시다 말씀하셨는데, 그것이…… 두중장 사이죠 키요시게가 소속된 장인소였습니다."

"……사이죠라."

'그랬지. 치사토는 그자에게 도움을 청했지.'

치사토와 키요시게의 관계를 알고 있는 코요는 즉시 수긍을 했지만 그 관계를 전혀 모르는 나카츠카사에게는 상당히 놀라운 발언이었으리라.

코요과 키요시게는, 나이는 비슷하지만 그 입장은 천양지차다. 코요의 아버지인 선대 천황과 키요시게의 아버지인 좌대신과의 관계에서 시작되어 선대 사후 천황의 자리에 오른 코요가 수완가였던 하기노를 중용한 것을 계기로 균열이 생겼다.

우대신과 좌대신.

둘 다 모두 천황에 버금가는 지위에 있는 중진이지만, 좌우로는 그 입장에 큰 차이가 있다. 아직 젊은 코요의 후견이 되어 권력을 손에 넣으려고 획책하던 사이죠는 실각하고, 그 원한을 코요와 하기노에게 돌리고 있다.

아들인 키요시게도 아버지의 원망을 듣고 있을 터라, 그런 가운데, 코요의 손에서 도망친 치사토를 숨겨주는 꼴이 되고, 피로연 밤에는 도적의 흔적을 남긴다는 책략까지 생각하고—

'그 사이죠에게 치사토가……'

시간이 거슬러 올라간 지금, 키요시게는 치사토의 이름도 얼굴도 모를 것이다. 아마 치사토는 사과를 하기 위해 만나고 싶다고 말하는 것이며, 실제로 만나게 해도 문제가 일어나리라고 생각지는 않지만, 코요의 본심은 물론 만나게 하고 싶지 않다는 쪽이었다.

키요시게를 의지한 치사토와 적대감이 흘러넘치는 눈으로 코요를 노려보았던 키요시게의 눈을 기억하고 있으니, 마음이 술렁대는 것도 당연한 일이라고 말하고 싶다.

"폐하."

"지금, 치사토는 뭘 하고 있느냐."

"방에 계십니다. 혼자서 돌아다니는 것은 아무쪼록 자중해 주십사 부탁을 올리고 왔습니다. 곁에는 마츠카제님도 계십니다."

"그러냐."

"두중장에 대해서는 이대로…… 폐하?"

갑자기 코요가 일어섰기 때문에 나카츠카사는 미심쩍게 쳐다보았다.

"문제를 미룰 수는 없느니라."

"폐하, 그것은 무슨……."

"광려전으로 가겠느니라."

만났던 시간부터 다시 시작된 것이라면, 새로운 관계를 맺을 수 있으리라고 생각했다.

다행히 자신에게도 치사토에게도 기억은 남아 있다. 때문에 이전 같은 엇갈림을 일으키지 않도록, 모든 것이 잘되도록 손을 쓸 수는 있다고 생각했다.

그러나 생각하면 기억이 남아 있다는 것은 또 다른 답이 있다는 것을 알고 있다는 이야기다. 그것이 옳은지 잘못인지는 차치하고 자신 속에 그런 생각이 있다는 증거이기도 하다.

이전에 치사토가 도망쳤을 때 키요시게에게 도움을 요청했다. 이번에는 도망칠 생각은 없더라도 자신이 남자의 손을 빌리려고 했던 기억은 남아 있다는 것이다. 치사토라는 소년은 깊이 관여한 키요시게를 보고도 못 본 척 할 수 없다—그런 것이다.

그렇다면 자신이 그 자리에 함께 있으면 된다.

나중에 불필요한 질투를 하지 않도록 치사토가 죄책감을 품지 않도록, 코요가 그 옆에서 지켜보면 치사토와 다른 기억은 남지 않는다.

빠른 걸음으로 광려전으로 돌아온 코요는 치사토에게 주어진 방으로 들어갔다. 한정된 인간밖에 발을 디디지 못하는 천황의 사저라, 오늘도 치사토는 발을 올리고 지내고 있다.

"어?"

치사토는 마츠카제와 함께 있었다. 옆에는 만주와 차가 놓여 있어, 이쪽의 의도와는 상당히 다른 한가한 시간을 보내고 있는 것이 왠지 흐뭇했다.

"어떻게 된 거야?"

아직 돌아올 시간이 안 되었을 텐데 코요가 있는 것에 놀란 것 같은 치사토이지만, 그 뒤에 나카츠카사가 모습을 드러내자 일변하여 표정이 굳어졌다. 아무래도 자기가 말한 것이 나카츠카사를 통해 코요에게 전해졌다는 것을 알고, 꾸중들을 거라고 생각했을지도 모른다.

"치사토."

이름을 부르자 똑바로 쳐다보는 눈빛 속에 적으나마 두려워하는 기색이 엿보였다.

"야단맞을 만한 일을 했느냐?"

"아, 안 했어, 하지만."

다시 치사토는 나카츠카사를 본다.

"가자꾸나."

"어?"

"장인소 말이다."

"아……"

"마츠카제, 준비하거라."

"예."

치사토의 말을 듣지 않은 채로 이야기를 진행하는 것은 불쌍할지도 모른다. 그러나 여기에서 치사토가 사양을 했다가 나중에 혼자서 키요시게와 만나는 일이라도 벌어지는 것이 더 문제다.

"아, 아키마사, 나."

"전하고 싶은 것이 있는 게지?"

모든 것은 코요가 억지로 치사토를 손에 넣으려고 한 부(負)의 인과이며, 그것을 자르는 것 또한 코요와 치사토 두 사람이 아니면 의미가 없다.

"자."

마츠카제가 흐트러진 옷매무새를 고치자 치사토는 천천히 일어서긴 했지만 좀처럼 발을 내딛지 않는다.

"……."

"지금의 너는 이전과는 다르지 않느냐?"

분명히 말하지는 않았지만 치사토는 자신에 대해 확실한 애정을 가지고 있다. 그 애정이 있다면 이전의 해답과는 다를 것이다.

"치사토."

다시 재촉하자 손을 내밀자 잠시 주저한 뒤 작은 손이 겹쳐졌다.

코요를 선두로 치사토, 마츠카제, 나카츠카사로 이어진다. 그 뒤를 몇 명의 궁녀도 따라오지만, 평상시라면 등 뒤를 신경 쓰는 치사토도 지금은 이후의 일이 마음에 걸려서 안절부절못했다.

"……나."

작은 목소리를 듣고, 코요는 뒤돌아보았다.

"왜 그러느냐?"

"……내 멋대로 그 사람을 휘둘렀잖아……. 제대로 사과하고 싶어서……."

코요가 상상한 그대로의 대답에, 계속 말해보라는 듯이 고개를 끄덕였다.

"나에 대해서는 모를 거라는 건 알고 있고, 이런 것은 말하지 않는 것이 좋겠지만, 그렇지만."

"책임을 다하여 마무리를 지으려는 것이로구나."

"마무리라…… 그런 걸까."

이윽고 장인소에 도착했다.

"폐하, 제가."

그러자 방금 전까지 뒤쪽에 있던 나카츠카사가 앞장서, 안을 향해 말을 걸었다.

"두중장은 자리에 있는가?"

"나카츠카사님."

등 뒤에서 살짝 보이는 방 안에 키요시게의 모습은 보이지 않는다. 키요시게는 무관이라 책상에 앉아 있기만 하는 것은 아니기 때문에 부재중이라도 어쩔 수 없었다.

"치사토, 다시 시간을 만들어서……."

뒤돌아 치사토에게 키요시게의 부재를 전하려고 한 코요는, 그 등 너머로 찾던 모습을 발견하고 말을 멈췄다.

"아키마사?"

갑자기 입을 다문 것을 의아하게 생각했는지, 치사토가 고개를 갸웃하고 물어보았지만, 코요는 눈이 마주친 키요시게의 그 표정을 자세히 관찰하고 있었다.

이전부터 자신을 보는 가시 돋친 시선은 느끼고 있었지만, 갑작스럽게 만난 지금의 키요시게는 그것보다 훨씬 더 의미 있는 적개심을 얼굴에 드러내고 있다.

정치 수완의 차이로 하기노를 중용한 것은 실수가 아니라고 생각하지만 강등된 키요시게의 아버지는 쌓이고 쌓인 원한에 대해 아들에게 얼마나 말했을까. 맏아들로서 집안을 짊어지는 키요시게의 입장을 생각하면 복잡한 생각은 들지만 정에 넘어갈 생각은 없었다.

"폐하……."

키요시게가 중얼거리는 소리가 들렸는지, 치사토가 황급히 돌아보았다.

"키요시게 씨!"

"……당신은?"

"아…… 나, 아, 저는……."

첫 대면인데도 친근하게 자신의 이름을 부른 치사토를, 키요시게는 의심스럽게 보고 있다. 코요와 함께 있다는 사실로 어느 귀족 집안의 아가씨라고 생각하고 있을지도 모르지만, 그래도 짐작 가는 구석이 전혀 없다고나 할까.

코요는 다시 찾아오지 않아도 된다는 데 안도하고 나카츠카사에게 명령했다.

"사람을 물리거라."

"네!"

"이, 일하는 중 아냐?"

"상관없다."

코요가 명하면 주위는 따르는 수밖에 없다. 치사토는 작은 목소리로 '하여간 자기 멋대로라니까……' 라고 불만스러운 모습을 보이자, 나카츠카사가 치사토를 훈계하는 눈빛으로 보고 있었다.

본래는 코요도 주의를 주어야 하겠지만, 이런 식으로 솔직한 감정을 보여주는 치사토를 바람직하게 생각하므로 굳이 아무 말도 하지 않고, 영문도 모르는 채 코요와 치사토 앞에 선 키요시게를 향해 말을 걸었다.

"치사토가…… 이자가 너에게 전하고 싶은 것이 있다고 한다."

"……아가씨께서?"

아가씨라는 말을 들은 치사토는 마음이 불편한 듯한 표정을 지었지만, 정정하지 않고 한 걸음 앞으로 걸어나왔다.

"키요시게 씨."

"……네."

"나는 당신을 알고 있습니다. 큰 폐를 끼치고 도움도 받았습니다. 제대로 감사인사를 못해서…… 미안해요."

"……."

키요시게는 가만히 치사토를 보고 있지만, 아무리 생각해도 자신과의 관계가 생각나지 않는 모양이다. 무리도 아니다. 이 세계의 키요시게는 지금이 치사토와 처음 만나는 것이다.

"죄송합니다. 대체 어디에서 만났는지, 저는 도무지……."

"……네, 알고 있어요. 그저 자기만족에 지나지 않지만 꼭 전하고 싶었습니다."

치사토는 아까 말한 대로 키요시게에게 사과하고 나서 어딘지 모르게 안심한 모습을 보이고 있다. 코요는 그런 치사토를 가까이 안으면서 키요시게에게 말했다.

"사이쿄 키요시게, 너와 아버지는 다르다."

"……!"

갑작스러운 말에 키요시게의 얼굴이 굳어진다. 그러나 코요는 상관없이 계속했다.

"아버지에게 뒤지지 않는 공적을 보이면 이번에는 네가 하기노를 끌어내릴 수 있다."

"폐하……."

"정진하라."

말도 없이 이쪽을 보는 키요시게의 눈에는 당황하는 기색이 보였다. 방금 그 말을 어떻게 생각하고 소화할지로 키요시게가 힘을 가지고 출세해 나갈 것인가가 결정된다.

키요시게의 아버지를 강등시킨 것과 아들 키요시게를 외면하는 것은 같은 것이 아니다. 원망만 하고 노력을 하지 않으면 저절로 필요 없는 존재가 되어간다는 사실을 키요시게 자신이 깨닫기를 바란다.

"가자."

"아……."

치사토도 어딘가 멍한 표정이었지만, 코요가 고개를 끄덕이자 황급히 키요시게에게 인사를 했다.

"정말 감사합니다."

아까 왔던 건널복도를 통해 광려전을 향해 걷고 있노라니, 손을 잡고 있던 치사토 쪽에서 힘이 담겨 있었다.

"왜 그러느냐?"

"……당신, 진짜로 대단한 사람이구나."

"응?"

"치사토님."

자연스럽게 입에 올린 치사토에게 되묻는 동시에 나카츠카사가 딱딱하게 주의를 했다.

"말씀이 지나칩니다."

"괜찮다. 치사토, 왜 그렇게 생각하느냐?"

　치사토의 말씨는 전혀 신경이 쓰이지 않는다. 그것보다 갑자기 그렇게 생각한 이유를 알고 싶었다.

　치사토는 자신에게 주의를 준 나카츠카사가 신경이 쓰이는지 몇 번이나 보았지만, 코요는 자신에게 주의를 돌리듯 쥔 손에 힘을 주었다. 그러자 치사토는 결국 코요를 보고 방금 전보다 목소리를 낮추고 말했다.

"나한테도, 키요시게 씨한테도 화내지 않았잖아?"

"지금 세상에서는 그놈은 아무것도 하지 않았느니라."

"그렇지만, 다 기억하고 있으면서……."

"그렇지."

"……혹시 천사표 아냐?"

"하하하, 내가 말이냐?"

　치사토가 말한 대로, 키요시게가 천황인 자신을 배신한 것은 잊지 않았다. 모든 것이 원점으로 돌아와 치사토가 이제 도주에 대한 상담을 키요시게에게 할 일은 없다고 생각해도, 상대의 마음속에 그런 배신의 싹이 있다는 것은 뼈저리게 깨달았다.

　그런 자신이 키요시게를 전혀 탓하지 않고, 심지어 격려로 들리기까지 하는 말을 한 것이 치사토에게는 놀라운 일이었던 것 같다.

'내가 착한 사람이라는 생각이라도 하는 겐지.'

정말 치사토는 귀엽다.

그것은 격려 같은 게 아니라, 단순히 못 박았을 뿐이다.

'힘이 없으면 가차 없이 잘라낼 뿐.'

한 나라의 천황에게 도움이 되지 않는 사람은 그에 상응하는 지위를 감수하는 수밖에 없다. 키요시게도 분발하여 원한이 아니라 충심으로 앞을 보지 않으면 그 손에 남는 것은 후회뿐이리라.

"이제 안도했느냐?"

"응. 고마워. 궁금해서 견딜 수가 없더라고."

그렇게 말하고, 수줍은 미소를 보내는 치사토는 이대로 안고 싶을 정도로 사랑스러웠다.

'그러고 보니 이전에는 곧장 처문을 했더랬지.'

반항적인 치사토를 붙들어 매는 가장 좋은 수단이라고 생각했지만 다시 여기로 돌아온 지금은 아직 입술 이외의 치사토의 피부는 만지지 않았다.

자신의 나라를 잊기 위해 필사적으로 이 나라에 익숙해지려고 하고 있는 치사토를 지켜보는 것을 최우선으로 하고 있었지만 이제 슬슬 돌아온 지 열흘이 된다.

마음도 중요하지만 수없이 맛보고 포로가 된 달콤한 신

체에 대한 금단증상도 생길 것 같다.

"치사토."

"왜?"

"내일은 다른 저택으로 오거라."

"……어? 무슨 말이야?"

"광려전이 아닌, 아아, 마츠카제, 지금 정가전(正嘉殿)에는 아무도 없던가?"

"……네."

코요가 말을 걸자 마츠카제는 한순간 뜸을 들인 후 입가에 미소를 띤다. 아무 말 안 해도 마츠카제는 코요가 무슨 생각을 하는 지 알아챈 것 같다.

"잠깐만!"

"그럼 곧 치사토가 기분 좋게 살 수 있도록 준비하라. 며칠간이긴 하지만 만사에 실수가 없도록."

"물론 만전을 기하겠사옵니다."

마츠카제에게 맡기면 아무런 걱정도 없다. 이제 치사토의 기분 나름이라고, 코요는 당황하는 치사토의 얼굴을 들여다보듯이 말했다.

"처음부터 다시 시작이다."

"다시라니, 무엇을?"

아무래도 치사토는 정말 아무것도 모르는 것 같다. 순진한 것은 바람직하나 이래서는 아직 말장난을 기대하기는 힘들 것 같다.

"너의 처소에 사흘간 다니겠다."

"다니다니? 어? 그것, 에엑?"

"왜 그러느냐? 설마, 이미 치른 것이라 하여 생각도 하지 않았느냐?"

"하, 하지만, 갑자기⋯⋯."

"갑작스러운 일이 아니다. 지금까지 가까스로 참았느니라."

코요와 치사토 사이에서는 몸을 포갠 기억은 물론 남아 있다. 처문도 마치고 피로연까지 열어 마음으로는 벌써 치사토는 코요의 정실이다.

그러나 현실적으로 다시 이곳에 돌아와 처음으로 돌아가 버렸다.

두 사람 사이에 사실이라 해도 주지되지 않았다면 백지나 마찬가지다. 그렇다면 다시 처문을 하고 이번에야말로 명실상부하게 치사토가 사랑하는 아내, 천황의 정실이라는 것을 알려야 한다.

지금 광려전에서 함께 살고 있기 때문에 치사토에 대해 아는 것은 정말 몇 안 되는, 시중드는 자들뿐이다. 지난 번, 하기노의 저택에 일시적으로 맡겼다가 거기에서 치사토가 사이죠의 저택으로 도망치는 사태가 벌어지고 말았다. 같은 전철을 밟지 않기 위해서라도 먼 곳에 치사토만 가게 할 수는 없다.

정가전에는 현재 안주인이 없다. 위치도 광려전에서 가까워 마침 형편이 좋았다.

"가능하면 오늘 밤이 좋겠지만, 며칠이라고는 해도 네가 편안하게 지낼 채비를 시켜야 하니 말이다. 일각이 천추처럼 기다려지겠지만, 하루만 기다려 주지 않겠느냐."

"기, 기다려지다니, 그럴 리가 없잖아!"

"광려전이 더 좋으냐?"

"그런 게 아니라, 아휴, 갑자기 무슨 소리를 하는 거야!"

치사토는 혼란스러워하는 것 같지만, 그것은 격렬한 거부가 아닌 곤혹과 수치 때문이라는 것을 알 수 있다.

"부탁한다, 마츠키제."

"예."

"마츠카제~!"

"맡겨주십시오, 치사토님. 마음에 남는 멋진 밤으로 만들겠사옵니다."

"멋⋯⋯!"

상냥하게 말하는 마츠카제에게는 반박할 수 없는 모양이라, 치사토는 결국 코요의 옷자락을 잡아당겨 도움을 요청했다.

"이봐, 나는 아직 그런⋯⋯."

"치사토."

코요는 치사토의 손에 자신의 그것을 겹쳤다. 싫어하지 않고 가만히 올려다보는 큰 눈을 똑바로 응시하고, 코요는 솔직히 속마음을 토로했다.

"이제 기다릴 수 없느니라, 치사토."

"아키마사……."

치사토가 원래 세계로 돌아가 버릴지도 모른다는 걱정은 없다.

다른 남자에게 빼앗겨 버릴지도 모른다는 초조함은 아주 조금 남아 있지만 이번에는 믿을 수 있다.

시간은 있다. 하지만 기다릴 수가 없었다.

"너의 모든 것이, 몸도 마음도 모두 내 것이라고, 내가 아닌 자들에게 알리고 싶구나. 치사토, 부디 나의 간절한 소원을 들어주지 않겠느냐."

치사토는 코요의 호소를, 숨을 삼키고 듣고 있다. 즉시 부정하지는 않았지만 그래도 흔들리는 눈동자에 망설임이 보였다.

"치사토."

"……."

"제발."

한심하게도 천황인 자신이 애원하고 있다. 허나 그것을 부끄러운 일이라고는 전혀 생각지 않았다.

"오호라. 그럼, 오늘 드디어?"

"그렇다."

태정대신인 하기노 코세츠(萩野降雪)는 방금 전부터 흥겹게 웃고 있다. 무리도 아닐지도 모른다고, 코요도 쓴웃음을 흘렸다.

전처인 코토노가 죽은 이후 주위에서 빨리 새로운 정실을 들이라고 성화였다. 번거로운 것을 싫어하고, 그래도 뿌리칠 수 없는 족쇄 때문에 몇 사람의 여어(女御)를 입궁시켜 아이를 낳았지만 아직도 정실 자리에는 여태 아무도 앉히지 않았다.

자신도 독신인 하기노는 시끄럽게 굴지는 않았지만, 코요가 진심으로 사랑하는 존재가 생기도록 갖가지로 마음을 쓰고 있었다.

지난번에도 치사토가 남자라는 것을 알고도 등을 떠밀었을 정도다.

오늘 밤 치사토에게 처문하러 가겠다고 말했을 때도 자신의 일처럼 기뻐했다. 이런 식으로 진짜 아버지처럼 대해주는 하기노의 존재를, 참으로 얻을 수 없는 귀한 것이라고 절실히 느낀다.

"그래서, 소신에게는 그 치사토님을 만나게 해주시지 않으시렵니까?"

"그저 나를 놀리고 싶어서 그런 거잖나."

"폐하를 이리도 살살 녹이는 분을 꼭 배알하고 싶은 일심이건만."

"거짓말하긴."

"하하하."

코요도 빨리 하기노와 치사토를 만나게 하고 싶다고 생각하고 있었지만, 제대로 처문을 끝내고 나서가 좋다고 생각을 고쳐먹었다.

이미 동궁이 있다고는 해도 남자인 치사토를 정실로 앉히는 것을 하기노가 인정해 줄지 어떨지. 이전의 반응을 보아도 반대당할 일은 없으리라고 생각하지만 그래도 만전을 기하고 싶다.

'한심하구나.'

치사토의 뜻과는 관계없이 자신의 생각대로 행동하고 있던 때와는 달리, 치사토와 마음이 통하였기 때문에 조금이라도 부정적인 요소가 있다면 제거하고 싶은 것이다.

"코토노님도 안심하실 수 있겠군요."

"……그렇겠지."

모든 것을 버리고 미지의 세계에서 행복한 여생을 보내고 있던 아내. 그녀의 뒷받침이 있었기에 끝까지 치사토를 포기하지 않을 수 있었다.

'반드시 행복하게 하마.'

치사토의 입에서 '돌아가고 싶다'는 말이 나오지 않도록.

"그러나 폐하, 정실을 맞이하시게 되면, 다른 여어님의 장래도 생각해야겠군요. 공주님을 낳으신 세 분은 별개라 하더라도 다른 두 분의 처소에 다니실 여유는 없다고 보입니다만."

"나도 그 녀석들에 대해서는 생각하고 있다."

명실상부하게 치사토를 아내로 맞이한다면, 코요가 다른 여어들에게 다니는 일은 없어진다. 다른 데 눈이 가지 않는다기보다는 치사토가 떨어져 나가지 않도록 하는 것만으로 힘겨워질 것을 알 수 있기 때문이다.

하지만 공주를 생산한 여어들의 발언은 무시할 수 없고, 무엇보다도 아이를 방패 삼아 생떼를 부릴 가능성도 있다.

"……치사토님을 소신의 양녀로 들이도록 하지요."

"하기노."

"태정대신에게 정면으로 쓴 소리를 하는 자도 없을 테니 말입니다. 소신에게는 신경을 쓸 아내도 없으니 폐하와 치사토님만 괜찮으시다면야."

이전과 같은 방법이지만 이전과 다른 점은 그 말을 꺼낸 것이 코요가 아니라 하기노라는 것이다.

같은 일을 반복하고 있는 것 같으면서도 조금씩 다른 현실과 마주한다.

그것이 더 나은 방향으로 인도하고 있다고 믿고 싶다.

"부탁하겠네."

고개를 숙이고 그렇게 말하자 잠시 하기노의 대답이 없었다.

"……"

"왜 그러느냐?"

"아니…… 폐하의 그런 모습은 처음 뵙는 것 같습니다."

"지금까지도 부탁은 하지 않았더냐."

"이리도 기특한 표정은 본 적이 없지요."

코요의 어린 시절을 알고 있는 하기노에게는 도저히 이길 수 없다. 지금은 솔직하게 수긍 해 두는 것이 상책이다.

"치사토를 위해서라면 얼마든지 고개를 숙이겠다."

"……역시 하루라도 빨리 만나고 싶군요."

"처문이 끝나면 즉시 알현하게 하마."

"기대하고 있겠습니다."

그 말을 받아 끄덕인 코요는 문득 귀를 스친 소리에 시선을 돌렸다.

"폐하?"

아무래도 그 소리가 들리지 않았는지 되묻는 하기노를 조용히 하게 하고, 코요는 일어나서 건널복도로 나왔다. 지금은 사람을 물렸기 때문에 거기에는 몇 명의 호위병밖에 없다.

그중 한 명에게 코요는 말을 걸었다.

"지금 목소리가 들리지 않았느냐?"

"황공하오나 소신의 귀에는 아무것도 들리지 않았사옵
니다."

'……기분 탓일까?'

하지만 그렇게 생각하려고 한 코요의 귀에, 이번에는 아
까보다 분명한 소리가 들린다. 이번에는 호위병의 귀에도
들린 것 같다.

"어째서 이런 소리가?"

초조한 것처럼 말하고 곧바로 건널복도 아래로 기어들어
갔다.

"무슨 일입니까?"

방에서 분위기를 살피던 하기노도 나와, 둘이서 거의 몸
을 내밀듯이 건널복도 아래를 보려던 참에, 방금 전에 기어
들어간 남자가 나왔다. 그 손에는 커다란 갈색 물체가 안겨
있었다.

"황송하옵니다! 어느새 들어가 있었는지…… 지금 당장
처치를……!"

"잠깐 기다리거라. 얼굴을 보여주어라."

"네?"

"그놈의 얼굴이다."

"폐하!"

코요의 요구에 당황한 모습의 호위병이 움직이는 것을
기다리지 못하고, 코요는 손을 뻗어 스스로 그 물체를 안아

올렸다.

"너는……."

상당히 크고 살찐, 갈색 고등어 무늬를 가진 고양이. 결코 귀엽다고 말할 수 없고, 굳이 따지자면 뻔뻔한 얼굴의 이상야릇한 고양이는 분명히 치사토와 외출했을 때 발견한 고양이 '아키'다. 설마 이런 곳에 있을 줄은 몰랐던 코요는 물끄러미 아키를 바라보았지만, 아키는 '냐~옹' 하고 탁한 목소리로 울면서, 코요가 하는 대로 매달려 있다.

"너도 치사토를 만나러 왔느냐?"

갸오옹~

"……그러냐."

"폐하, 그 고양이는……."

"치사토가 키우던 고양이다. 처문이 끝나거든 만나게 하지."

결코 귀엽지 않은 이 고양이를 끔찍하게 예뻐하던 치사토. 재회하면 얼마나 기쁜 듯이 웃어줄까 하고 상상만 해도 즐겁다.

"아키, 잠시 얌전히 있거라. 곧 너의 주인을 만나게 해줄 테니."

우냐~오.

"여전히 못생긴 고양이로구나."

　　　　　*　　　　*　　　　*

　치사토는 방 안을 빙 둘러보았다.

　낯선 가구와 냄새가 나는 그 방에는 방금 도착했을 뿐이
라 어색하기 짝이 없었다.

　방금 전에 목욕을 한 탓인지 왠지 쌀쌀한 느낌이 들지만
아마 이것도 기분 탓이리라.

　"그럼, 치사토님, 이만 물러가겠사옵니다."

　"아……."

　치사토의 준비를 마친 마츠카제가 고개를 조아리면서 이
렇게 말하자, 치사토는 무심코 불러 세우려고 했다. 오늘
앞으로 무엇이 일어날지는 지나칠 정도로 일고 있다. 한 번
경험한 터라, 당연히 몸에는 기억이 남아 있었다.

　하지만 알고 있다고 해서, 쉽게 받아들일 만큼 간단한 일
은 아니다. 정말 스스로 코요의 것이 되는 것이라고, 아내
라는 입장을 받아들이는 것이라고 인정하기에는, 아직 약
간 순순히 납득하지 못하는 자신이 있는 것이다.

　"마츠카제, 나는……."

　"치사토님."

　마츠카제는 그 자리에 엎드렸다.

　"부디 폐하와 언제까지나 해로(偕老)해 주시옵소서."

　"……."

"폐하께옵서는 지금까지 없을 정도로 치사토님을 소중히 여기고 계시옵니다. 그것도 당신께 깊은 애정을 품고 있기 때문이니, 부디, 부디 폐하를 행복하게 해주소서."

이전에도 들었던 마츠카제의 진지한 바람.

보면 다른 궁녀들도 마츠카제처럼 엎드려 있었다. 여기에 있는 모든 사람들이 코요의 행복을 바라며 치사토와의 관계를 응원해 주는 것을 알고, 치사토는 자신의 불안을 입에 담을 수 없었다.

"그럼 편안히 주무십시오."

"으, 응."

나가는 궁녀들을 배웅한 치사토는 깊은 한숨을 쉬고 삼면이 천에 둘러싸인 침소에 들어섰다.

"……하아."

침대 대신 다다미 위에 정좌를 하고 무릎 위에서 주먹을 쥐었다.

코요가 언제 찾아올지 모르기 때문에 왠지 한시도 긴장을 풀 수 없다.

'주위 사람들이 다 알고 있는 섹스라니……. 역시 복잡하달까…….'

알려지는 게 문제가 아니라 상까지 다 차려진 상태에서 사흘이나 계속 섹스를 하고 결혼. 쉽사리 받아들일 수 없는 제도이다.

이전에는 아무것도 몰랐고 처음 경험하는 섹스에 농락당했다. 지금 생각하면 너무 너무 무서웠다.

하지만 지금의 자신은 그때와는 완전히 다르다. 남자끼리 섹스하는 방법을 알고 그것이 결혼을 향한 첫 단계라는 것도 이해하고 있다.

무엇보다 스스로 원해서 코요와 함께 이 세계로 돌아온 것이다, 이제 와서 '역시 그만두겠습니다'라고 말할 수 없는 분위기라는 것도 알고 있다.

"……결혼, 이라."

원래대로라면 아직 학생인 자신에게는 결혼 같은 건 먼 미래의 일이었다. 귀엽고 상냥한 여자친구를 만나 서로 사랑하고 결혼하고 아이가 생긴다. 평범한 것을 극히 낭연하게 경험하겠거니 생각했던 치사토는 지금 자신에게 일어나고 있는 일은 현실감이 없다.

그래도 여기로 돌아오고 나서 열흘쯤 키스 이상의 일을 하지 않은 코요에게는 성실함을 느낀다. 자신도 그에 부응해야 한다고 생각한다.

그래서 하얀 기모노 차림으로 가발도 벗고 '코미야 치사토'로서 여기에서 기다리는 것이 자신이 코요에게 보이는 성실함의 증거라고 믿었다.

"……!"

그때 복도에서 인기척이 났다.

오늘은 사람을 물렸다고 하니 그 소리를 낸 것은—

가만히 구멍이 뚫릴 정도로 진지하게 천 너머를 응시하던 치사토는 결국 모습을 나타낸 코요를 보고 왠지 안도감을 느꼈다.

코요는 다다미 위에 정좌를 하고 있는 치사토를 보고 어딘가 즐거워 보이는 미소를 입가에 띠고 있다. 치사토는 남자의 평온한 분위기에 어깨의 힘이 빠져 안에 들어오는 모습을 가만히 보고 있었다.

"자고 있는 줄 알았느니라."

"자, 잠이 올 리가 없잖아."

"기다리고 있었나?"

"안 기다렸거든!"

코요의 말에 반박하고 마는 것은 오히려 본능일지도 모른다. 이렇게 말하면 이렇게 받아친다. 그것은 비록 말장난의 일환이라도 연애 경험치가 낮은 치사토가 대항할 도리가 없었다.

하지만 스스로는 강하게 반박했다고 생각해도 코요에게는 신경 쓸 정도도 안 되는 아이의 반론인지, 지금도 웃는 얼굴을 보면 다소 울컥한다.

긴장하고 있는 것도 무서운 것도 자신뿐이라는 생각이 드는 것이다.

'나는 오늘 밤에 전부 정해져 버리는데…….'

처문의 첫날. 사흘 연속 다녀야 결혼 자체가 성립하는 것은 잘 알고 있다. 그래도 치사토에게 자신의 의사로, 사랑으로 코요를 받아들이는 오늘 밤이 가장 중요한 밤이었다.

"……아키마사."

"왜 그러느냐?"

"나는……."

치사토 자신도 생각했던 오늘이다. 단지—

"……."

어떻게 말을 해야 할지 몰라 치사토는 입술을 깨물었다. 불평이라면 얼마든지 입 밖으로 튀어 나오는데 정작 자신 안의 가장 약한 부분이나 불안한 마음은 좀처럼 말로 표현할 수가 없었다.

'전부 아키마사에게 맡기면 되고, 할 일은 이미 다 했고…….'

이제 와서 순진한 척하는 것이 더 웃기는지도 모른다.

그런 치사토의 옆에 앉은 코요는 손을 뻗어 치사토를 껴안았다. 끈적한 분위기가 아니라 정말 아껴주는 것처럼 머리를 쓰다듬자 굳어 있던 치사토의 몸에서 자연스럽게 힘이 빠져나간다.

"치사토."

그것은 정말로 치사토의 이름의 이미까지 아는 것 같은 느낌이 드는 말투이다.

할머니가 이름 붙여준 '치사토'라는 자신의 이름. 많은 고향이 치사토에게 있다. 그것은 장소뿐만 아니라 아버지나 어머니, 할머니를 가리킨다.

언젠가는 친구, 그리고 치사토가 새롭게 만들 가족도 소중한 고향이 되는 것이라고 어릴 적에 배웠다.

실제로 지금의 치사토에게는 고향이 두 개가 생겼다. 이전에 살던 세계와 앞으로 코요와 살아가는 세상. 그럴 작정은 없었지만 결국 버리게 되어버린 가족을 생각하면 절로 눈물이 복받쳐 온다.

분명 앞으로 계속 코요와 함께 있다고 해도 그 생각은 사라지지 않을 것이다.

"......흐윽."

치사토는 코요의 등에 손을 돌려 가슴에 얼굴을 밀어붙이듯이 대고 오열을 참았다. 우는 건 비겁하다고 생각하고, 코요만을 탓할 생각은 없다. 그런데 아무래도 눈물이 나오는 것이다.

"치사토."

머리에 있던 코요의 손이 진정시키듯이 등을 쓰다듬어 주었다.

"모두 나에게 부딪쳐 주면 좋겠다."

"......흐으 ......윽."

"내가 너를 사랑했기에 네가 슬퍼한다 해도 나는 절대로 너를 놓지 않는다. 그러니 치사토, 울고 아우성쳐도 좋지만, 내 옆에서 떠나지 않는다는 것만 약속해 주어라."

'바…… 보.'

항상 실컷 자기 멋대로 말하면서 치사토의 마음은 아랑곳하지 않고 행동해 온 남자가 이런 식으로 설설 기는 것이 웃긴다. 웃기지만 기뻐서, 치사토는 남자의 가슴에 머리를 꾹꾹 눌렀다.

그렇게 하자 코요의 심장 박동이 놀라울 정도로 빠른 것을 알았다. 겉으로는 침착하고 여유 있는 표정을 보이던 남자도 내심 긴장하고 있다—그것을 느낀 치사토 또한 자신의 심장 박동이 커지는 것을 알 수 있었다.

"……그 대신 불평은, 안 참을 거야!"

"……그래."

부끄러워서 명확한 말로는 하지 못했던 치사토의 마음을 짐작한 코요는 머리 위에서 깊은 숨을 내쉬고 있다.

'안심한 건가.'

딱 몸을 붙이고 있을 뿐이지만 충분한 행복을 느낀다. 어쩌면 오늘은 이대로 안겨 잠드는 것일까…… 그런 생각을 하고 있던 자신이 아직 아이였다는 것을 뼈저리게 알게 된 것은 그 직후다.

"우왁?"

갑자기 몸이 천정을 향해 벌렁 쓰러져 버리고 치사토는

번진 눈물로 젖은 눈을 동그랗게 뜨면서 바로 위에 있는 코요를 보았다.

"무, 뭐야?"

"오늘 밤은 처문의 첫날. 치사토의 마음도 확실히 받아들였으니 이후에는 서로의 몸도 깊이 알자꾸나."

"아, 아저씨 같은 소리잖아?"

좋은 분위기였는데 어떻게 이렇게 갑자기 깨뜨리지?

하지만 치사토가 의문을 말하기 전에 내려온 코요의 얼굴이 아주 가까이 와버렸다. 틀림없이 치사토가 당황하는 모습을 즐기고 있을 줄 알았으나, 엿보이는 코요의 눈 속에 있는 것은 참을 수 없는 욕정의 색이다.

강렬하게 원하고 있다— 그렇게 생각하면 치사토의 반론은 금세 사라졌다.

"치사토."

"아키마…… 으응."

겹쳐 온 입술이 각도를 바꾸어 몇 번이나 포개졌다. 이윽고 입술이 자신의 그것을 끼우고, 근질대는 감각에 저절로 입을 열자 기다리고 있던 것처럼 혀가 비집고 들어온다.

침을 모두 떠낼 것처럼, 자기 것인 양 구강 안을 맛본 혀는 속수무책으로 움츠려 있던 치사토의 그것을 휘감았다. 거칠고 뜨거운 느낌. 혀끼리 서로 핥고, 때로는 빨아올리는 동안 허리에 오싹한 감각이 달리기 시작한다.

그것은 그대로 하반신에 직결되어, 맞댄 자신의 양다리 사이에서 분신이 고개를 들기 시작하는 것을 알 수 있었다.

'마, 말도 안 돼!'

만지지도 않았는데 분신은 마치 치사토의 쾌감의 바로미터가 올라가듯이 솟아올라, 기모노를 아래에서 밀어낸다. 몸을 포갠 코요가 눈치채기라도 하면 분에 못 이겨 죽을 것만 같아서 어떻게든 허리를 비키려고 했지만, 그것보다 먼저 코요는 치사토의 신체 변화를 눈치챈 모양이다.

키스를 그만두고 치사토의 입술을 할짝 핥았다.

"기분이 좋으냐?"

"……어?"

"녹을 것 같은 표정이로구나."

"표, 정?"

보이지 않는 것을 말해봤자 잘 모르겠지만, 눈앞의 코요의 눈동자에 비치는 자신의 얼굴은 확실히 달뜬 것 같다. 코요는 더 뚜렷한 얼굴의 변화를 보고 있겠거니 생각하면 부끄러워서 눈을 감고 말았지만, 허리를 잡아채듯 뻗은 손에 안겼을 때 허벅지에 닿는 뜨거운 감촉에 치사토는 퍼뜩 움직임을 멈췄다.

'이것은…….'

허벅지를 밀어대는 이 느낌은 코요의 양물이다.

"나도 기분이 좋구나."

"아, 아키마사……."

"느끼고 있는 얼굴을 보여주거라, 치사토. 여기에는 너와 나밖에 없다. 너의 어떤 얼굴도 나밖에 보지 않아."

"하, 하지만."

"네 느끼는 얼굴이 나를 더 미치게 하는데도?"

목덜미에 얼굴을 묻은 코요에게 거기를 물린 치사토는 무심코 치켜든 손으로 남자의 어깨를 강하게 잡았다. 깨무는 힘은 그리 강하지는 없었지만 생각보다 목덜미에 주어진 자극은 강렬하여 치사토는 자기 안의 열이 단번에 뜨거워지는 것을 알 수 있었다.

여러 번이나 안겨 꿰뚫리는 쾌감을 알고 만 몸이다. 한번 불이 붙어버리면, 그것을 끄는 방법을 어린 치사토는 아직 모른다.

"아키마사."

'빨리, 빨리……!'

기모노 너머라는 것이 답답해서, 코요의 손을 잡고 자신의 기모노의 띠로 이끈다. 그리고 코요의 가슴의 앞섶 부분에 남은 손을 걸고 재촉하듯이 확 당겼다.

"……!"

웃음을 지은 코요는 단번에 치사토가 입은 기모노의 띠와 끈을 풀고 순식간에 활짝 풀어 헤쳤다. 팔은 소매를 펜 채로 가슴과 배, 하반신까지 코요의 시선에 노출되었다.

천천히 가슴을 만지는 손은 이미 뾰족해진 유두에서 멈추었다. 애 태우듯이 치대고 통증을 주도록 잡아당기는 그 자극에 아래가 굼실댔다. 더 기분 좋아지고 싶어서 가슴을 활처럼 젖히자 뒤로 돌린 손이 엉덩이를 쥐었다. 거칠게 비비고, 가볍게 두드리고, 치사토가 참지 못하고 목소리를 높였다.

"아, 아파!"

"정말이냐? 너의 사랑스러운 분신은 여전히 일어서서 떨고 있는데?"

"그, 그럴 리가!"

아이처럼 엉덩이를 맞고 발기하는 변태가 아니라고 반박하고 싶었지만, 벌어진 입은 엉덩이를 지나 뻗은 코요의 손이 긴장된 두 구슬을 쥔 순간 교성으로 바뀌었다.

"아앙, 안, 돼!"

"여기도 꿀이 고여 있구나."

"으응, 앙!"

구슬이 담긴 주머니를 주물주물 만지는 동안에도 코요가 유두를 빨았다. 몇 번이고 치아와 혀로 괴롭혀 저리는 거기는 구슬에 주어지는 자극과 어우러져 결국 치사토는 참지 못하고 절정을 맞이했다.

"……아 ……허억, 허억."

'힘들어…….'

쉴 새 없이 주어지는 쾌감에 호흡조차 따라가지 못하고, 치사토는 다다미에 깔린 기모노에 뺨을 내꼬 여러 번 기쁜 호흡을 한다.

'나, 만……'

경험치의 차이는 어쩔 수 없지만, 그래도 자신의 감정을 자각한 이상 치사토도 코요를 기분 좋게 하고 싶었다. 섹스 라는 것은 역시 동등한 것이니, 어느 쪽이 일방적으로 정성을 다하거나 봉사를 받는다는 것은 싫다고 생각한 것이다.

하지만, 역시나 처음부터 코요는 쉽사리 치사토의 쾌락에 불을 붙이고 순식간에 사정까지 몰아갔다. 이 페이스라면 자신만 봉사 받고 절정을 맞이하고 말 것이다.

'나도 제대로……'

보고 배울 것이라고는 코요밖에 없지만, 자신이 기분 좋았던 것을 상대에게 그대로 할 수는 있다.

치사토는 겨우 조금 호흡이 안정된 때를 노려, 치사토를 신경 쓰는지 일단 몸을 일으킨 코요의 허리를 껴안았다.

"치사토?"

그 갑작스런 행동에 놀란 듯한 코요의 목소리가 머리 위에서 들린다. 약간은 앙갚음한 기분이 든 치사토는 더 놀라게 하고 싶어서 그대로 코요의 기모노 자락를 헤치고 양손을 집어넣었다.

"이봐, 치사토."

옷을 벗기는 시간을 들일 수는 없다. 그렇다면 억지로 옷자락을 헤치면 된다. 하카마가 생각했던 것보다 벗기기 어려워서 당황한 치사토는, 거의 끌어내리다시피 하여 양물만 꺼낸다.

'……크다…….'

반 정도 선 것일까. 그래도 치사토 것보다 훨씬 훌륭하고 묵직한 중량감이 있는 그것은 치사토가 손을 댄 순간에 분명히 한결 커졌다.

끝에서 약간 배어나온 이슬이 팽팽해진 삿갓 부분을 타고 줄기를 촉촉하게 적셔가는 것이 가까이서 보인다. 검붉은 색상도 혈관이 떠오른 모양새도 아마 보통 정신 상태라면 무서운 생각이 들 텐데, 지금의 치사토는 이 정도로 코요가 자신에게 욕정하고 있다는 생각에 기뻤다.

"……치사토."

코요의 목소리도 기분 탓인가 달아오른 것 같다.

'더, 제대로…….'

치사토는 머뭇머뭇 손을 뻗어 우산 부분에 살짝 손가락을 댔다. 그러자 재미있으리만치 눈에 띄게 분신이 성장한다.

"재미있어 하고 있는 게지?"

"딱, 히."

이번에는 제대로 양손으로 쥐어보았다. 두근두근 맥박

치는 모습이 손바닥으로 전해져, 치사토의 심장 박동도 거기에 맞추어 빨라진다.

'먼저 핥고서……'

조금 떨어진 곳부터 혀를 내밀고 그대로 살짝 대보았다.

"……윽."

'느끼고 있어……'

남자의 급소인 이곳은 가장 솔직한 반응을 보여주는 곳이기도 했다. 치사토는 줄기 부분을 손으로 문지르며 과감히 끝부분을 입에 머금어 보았다. 크기도 물론이고, 두려움도 모두 지울 수 없었기 때문에 전부를 입안에 넣을 수 없었지만, 그래도 조금 짠 맛이 퍼져 나가고 입안에 침이 넘쳤다.

기교는 아무것도 없다. 그저 코요를 느끼게 하고 싶어서, 치사토는 어떻게든 혀로 그 끝을 계속 핥았다. 탄력이 느껴지는 혀의 감촉은 나쁘지 않고, 타액에 섞인 이슬의 맛도 조금 익숙해졌다. 신기할 정도로 혐오감이 없는 것은 아마도 이것이 코요의 것이기 때문이다. 다른 남자의 것을 입에 넣는다는 것은 생각할 수도 없다.

그렇게 생각하면 남자에게 봉사하는 자신이라는 것도 코요를 느끼게 하는 자신으로 변환하면 왠지 더 다른 의미가될 것 같았다.

"후우…… 으응."

"으…… 큭."

얼굴을 상하로 움직이고 양손으로도 줄기를 계속 비볐다. 그 크기에는 전혀 익숙해지지 않아 턱도 피곤했지만 그래도 머리 위에서 들리는 코요의 억누른 목소리와 거친 숨결에 힘을 얻어 어떻게든 열심히 하고 있는데, 코요가 갑자기 머리를 누르더니 허리를 찔러 넣었다.

"크흑."

목구멍을 찔리지는 않지만, 끝 부분이 뺨과 턱의 뒷면에 마찰되어 숨쉬기도 버거워진다.

그리고,

"……응아앗."

갑자기 입안에서 그것이 빠져나가더니 얼굴과 가슴에 뜨거운 액체가 흩날렸다.

"……어……."

순간 이것이 무엇인지 몰랐지만, 유두에 늘어진 끈적끈적한 하얀 액체를 내려다보고, 그것이 정액이었다는 것을 겨우 깨달았다.

'절정이었구나…….'

자신이 코요를 사정으로 이끈 것이 기뻤다. 자신도 분명히 느끼게 할 수 있는 것이다.

"……아키, 마사."

젖어버린 뺨을 손등으로 훔치며 치사토가 고개를 들자

코요는 무슨 영문인지 미간에 주름을 잡고 험악한 표정을 짓고 있다. 마음대로 성기를 만지작거려서 화가 난 섯일까 하고, 고양된 기분에 차가운 것이 흘러들 것 같을 때, 갑자기 뻗어 온 손이 두 볼을 눌렀다.

"여기까지 하지 않아도……."

"……어?"

"더 이상 나를 사로잡지 말거라."

다가온 코요가 얼굴에 묻은 자신의 정액을 혀로 핥았다.

"아키마사……."

"……나는 너의 입맞춤만으로도, 미칠 정도로 큰 기쁨에 가슴이 조여온다."

"!"

숨이 답답했다.

지금까지 자신의 마음만 부딪쳐 도망쳐 온 치사토의 행동에, 코요는 여유로운 태도의 이면에서 얼마나 괴로움을 참고 있었던 것일까. 키스 정도로 그렇게나 기뻐하다니, 지금까지 자신이 먼저 키스를 하지 않았던 것이 매우 차가운 인간처럼 보였다.

치사토는 사과 대신 자신의 입술을 내밀어 하얗게 더러워진 코요의 입술에 키스를 했다. 몇 번이나 몇 번이고 힘껏 누른 그것은 곧 혀를 감고 깊은 것으로 변화해 간다.

'당신…… 정말, 엄청난 바보야…….'

자기 같은 인간을 그토록 사랑해 주다니. 그 마음속이 훤히 보인 지금, 치사토도 가슴이 벅차서 견딜 수가 없다.

"……진짜로, 좋아하니까."

그래서인지, 절로 치사토의 입에서 마음이 쏟아졌다.

"치사토……."

"억지로 그런 것도, 넘어간 것도 아니야. 나, 분명히 자기 의사로 당신 곁으로 왔으니까."

"……!"

숨 막힐 정도로 강하게 끌어 안겼다. 열을 담은 자신의 이름이 귀에 들리자 치사토는 넋을 잃고 눈을 감았다.

활짝 벌어진 다리 사이에 코요의 머리기 묻혀 있다. 분신뿐만 아니라 그 안쪽의, 남자를 받아들이는 봉오리까지 혀로 괴롭히는 바람에 치사토는 숨쉬기도 여의치 않은 상태이다.

자신이 방금 전 코요의 것을 입에 물었다는 이유도 한몫하여 향유를 사용하지 않고 핥아서 풀어주고 싶다는 코요의 말에 저항할 변명도 없는 탓에, 지금 치사토는 맹렬한 수지의 폭풍 한가운데에 있었다.

'이, 이 자세…….'

한심하게도 하반신 전체를 모두 드러내는 이 자세는, 가장 편한 자세라고 생각해도 부끄러워서 견딜 수 없다. 분신과 그 아래의 주머니, 그리고 더 깊숙한 봉오리까지 혀로 침을 발라 손가락으로 푼다는 것도 어서 집어넣으면 좋을 텐데 하고 자포자기하고 싶어진다.

그래도 코요가 치사토의 몸을 최대한 손상하지 않도록, 받아들이기 쉽도록 (향유를 사용하는 것이 빠르다는 결론은 처음부터 없이) 봉사해 주고 있는 것에 반론할 수는 없다.

다만, 봉오리의 표면을 적시는 침도 마를 새가 없을 정도가 되었다고 느끼고 그것을 안에까지 칠하는 손가락도 이미 상당히 스무스하게 움직이고 있었다.

더 이상 몸을 달아오르게 했다가는 정말 어떻게 되어버릴 것 같아서 치사토는 헐떡이는 숨 속에서 간신히 코요의 이름을 불렀다.

"아, 아키마, 사!"

"……응? 왜 그러느냐?"

혀의 움직임을 멈추고 이야기하는 코요의 숨결이 봉오리를 간질인다. 거기가 꼬옥 닫히는 것을 어떻게든 얼버무리면서 치사토는 어깨에 걸려 있는 코요의 옷을 쥐고 당겼다.

"이제, 됐, 으니까!"

"아직 손가락이 두 개밖에 들어가지 않았는데 말이냐?"

"그래도, 괜, 찮아!"

조금 정도 통증을 느껴도 자신의 신체는 그것을 쾌감으로 바꿀 수 있을 것이다. 수치와 고통을 놓고 비교하면 고통이 차라리 낫다고 생각한 치사토는 과감하게 다리를 크게 벌렸다.

"아키마사!"

섹시함이라고는 없는 유혹이지만 그래도 코요는 만족했는지 겨우 하반신에서 몸을 일으켜 주었다. 젖은 입술을 혀로 핥는 몸짓이 섹시해서, 치사토는 보기만 해도 몸 안이 바르르 떨리는 것을 알았다.

"치사토."

"으, 응."

움찔대는 봉오리에 뜨거운 끝이 와 닿았다.

"사랑한다."

"!"

사랑의 말에 숨을 삼킨 순간 끄트머리가 쑥 들어왔다.

"흐⋯⋯ 윽⋯⋯ 앗."

'아, 파⋯⋯.'

각오는 하고 있었지만, 역시 허용량을 한껏 능가하는 코요의 양물은 쉽사리 받아들일 수 없었다. 미치 몸의 한가운데가 찢기는 듯한 통증을 느끼고 반사적으로 힘을 주는 바람에 분신이 안쪽으로 가지 못하고 숨만 턱 막힌다.

다만 어떻게 하면 몸이 편해지는지 의식하지 않더라도 몸이 기억하고 있어, 치사토는 몇 번이나 몇 번이나 얕은 호흡을 반복하며, 뻗은 손에 닿은 것을 힘주어 잡았다.

"……!"

"아…… 아……!"

그것이 무엇인지 지금 치사토는 모른다. 하지만 그것에 매달리는 것으로 기분이 이상하게 차분해진다.

조금씩 조금씩 몸 안을 남자의 분신이 범해간다. 몸이 쪼개져 열리고 내벽을 헤치고 들어가자, 치사토는 코요를 받아들여 갔다.

'아파…… 힘, 들어…….'

숨 막히고 괴롭고 아프고. 그 이상으로 뜨거워서 입에서 심장이 튀어나올 것 같다.

치사토의 반응을 보고 있는지, 코요의 움직임이 조심스러운 것도 또한 그 감각을 연장시켜서, 정말 단번에 집어넣어 주었으면 해서 견딜 수 없다.

하지만 그렇게 정신이 아득해질 것 같은 시간도 끝이 나고, 갑자기, 코요의 움직임이 멈췄다.

'어……?'

아직 깊숙한 곳에는 도착하지 않았다. 왜일까 하고 가까스로 눈을 뜨자 어렴풋이 땀 흘리는 코요의 얼굴이 보였다.

색기가 흐르고, 남자 냄새 나고, 그 이상으로, 이쪽이 부끄러워질 정도로 기쁜 듯한 얼굴에 치사토는 자기도 모르게 웃어버렸다.

"……키, 마사…….."

웃고 있는 데 눈가에서 흘러넘치는 것은 무엇일까. 코요가 혀로 그것을 핥아주고, 가벼운 키스가 내려왔다.

"……기분이 좋구나."

"……으, 응."

힘껏 잡고 있던 것은 코요의 팔이었다. 그도 기모노를 풀어헤쳤지만 아직 소매는 팔에 꿰고 있었기 때문에 그것이 무엇인지 바로 알 수 없었던 것이다.

"천천히 사랑하마."

"흐…… 응."

'느끼한, 말이야.'

하지만 그 느끼한 말이 기쁜 자신이 있다.

간신히 집어넣은 분신이 이번에는 뽑혀서 내장이 통째로 죽 당겨지는 듯한 느낌에 빠졌다.

하지만 곧 분신은 안에 들어가고 또 끌려 나가고—반복이 점차 빨라지고, 이에 따라 점점 안쪽까지 삽입되어 간다.

봉오리가 한계까지 열리고 몸속에 코요가 가득 담겨, 숨이 막혀서 견딜 수 없는데, 그 이상으로 기분이 좋다. 코요의 기분 좋은 얼굴을 보면 자신이 안겨 있기만 할 뿐만 아니라 안고 있기도 하다는 생각이 들어 남자끼리 한다는 열등감도 점점 흐려졌다. 남자라면 누구든 좋은 것이 아니다.

좋아하니까, 눈앞의 남자이기 때문에 안겨도 좋다고 생

각했던 것이다.

'하, 지만, 지지 않을, 거야!'

좋아한다는 것을 알아도 분명 고분고분한 태도는 보일 수 없다. 의견이 부딪치면 불평도 할 것이며, 큰 싸움도 할지도 모른다.

그래도 지금 여기 있는 것을 후회하거나 하지 않게 되면, 두고 와버린 부모님과 할머니에 대해서도 조금이라도 가슴을 펼 수 있지 않을까.

"앗, 앙, ……싫어어."

찌걱찌걱 안쪽의 주름을 휘젓는 음란한 물소리가 방 안에 울린다. 코요의 딱딱한 배에 긁힌 치사토의 분신에서 새어나오듯 정액이 흘러 넘쳐, 엉덩이도 그 아래의 기모노도 틀림없이 젖어서 주름져 있으리라.

"아, 앗!"

"치사토……!"

"이, 이제 가버……!"

얕은 곳에 있는 급소를 뭉툭한 말뚝 끝이 긁은 순간 치사토는 절정을 맞이하였다. 아랫배에 힘이 들어가, 그 감각이 온몸에 진해진다. 그런데 코요는 허리의 움직임을 멈추지 않고, 한층 더 종횡무진 주름을 자극해, 치사토는 미처 입도 다물지 못하고 흐느끼는 듯한 신음 소리를 계속 흘리는 수밖에 없다.

"……!"

"응, 아아……!"

그 움직임이 가장 안쪽에 멈추고, 허리 전체를 밀어붙인 순간, 뜨거운 물보라로 주름이 젖었다.

'끝…… 났어?'

자신 안에서 코요가 사정한 것을 알고 긴장이 풀린 치사토의 몸에서 완전히 힘이 빠져 버렸다. 하지만,

"……어……?"

빠져나갈 줄 알았던 말뚝은 다시 안으로 돌아오고, 그 움직임은 완만하지만 멈추지 않는다. 아직 정액을 쏟으면서 그것으로 치사토의 몸을 빈틈없이 칠하려는 것처럼 움직이는 코요에게 불평을 하고 싶은데, 다시 딱딱해진 분신을 몸 안에서 느끼고 치사토는 도리어 자신의 몸에 다시 불이 붙는 것을 느꼈다.

힘들어서 이제 그만하고 싶은데, 자신의 몸은 아직 부족하다며 코요를 바라고 있는 것이다.

'음란한 게 어느 쪽이냐고!'

점차 격렬하게 흔들리면서 치사토는 코요의 목에 팔을 둘렀다.

"치사……!"

그리고 확 껴안고 자신이 먼저 키스해 주었다.

이렇게 된 이상 이 불이 꺼질 때까지 멈출 수 없다.

치사토는 침입해 온 혀를 필사적으로 빨면서 가까스로 분발하여 코요의 허리에 힘이 빠진 다리를 감았다.

연못 앞에 앉아 있노라니 뒤에서 사람이 다가오는 기척이 느껴졌다.

"치사토님."

"이, 있었어?"

뒤돌아보자 거기에 마츠카제가 있었다.

"이것이 맞습니까?"

그 손에 들린 것은 죽통이다. 마디에서 잘린 그 통 한쪽에는 손가락이 들어갈 정도의 구멍이 있었다.

"응, 괜찮아."

어제 부탁한지라 시간이 더 걸릴 줄 알았는데, 아무래도 토라진 치사토를 달래기 위해 코요가 잽싸게 준비를 한 것 같다.

'애초에, 저 녀석이 성욕마인이라 그래!'

이틀 전 밤, 처문의 셋째 날이 무사히 끝났다. 그 순간부터 치사토는 사실상 코요의 아내가 되었다.

이제 이후에는 이전에 경험한 섯 같은 피로연이 있는 것 같지만, 지난번에 자기는 별로 그 자리에 있을 필요도 없었다는 것을 알았기 때문에 그만큼 싫다는 마음이 들지는 않았다.

그것보다, 처문이 문제다.

첫날에는 치사토 자신도 분위기를 탄 것은 자각하고 있다.

코요밖에 의지할 자가 없는 이 세상에서 부모와 할머니, 살아온 모든 증거를 두고 와버리는 바람에 자신답지 않게 감상적이 되어 있었던 것이다. 스스로 봉사까지 하고, 다리를 크게 벌리고. 실제로 몇 번 절정을 맞이했는지 전혀 기억이 없을 정도이다.

다음 날 아침, 질척질척 더러워진 옷을 보고 얼굴이 새파랗게 질렸지만, 실컷 안고 만족한 듯한 코요는 신이 나서 손을 뻗어와, 치사토는 자기도 모르게 한 방 먹여 버렸다.

그리고 이틀. 이제 형식적인 것인 줄 알았던…… 아니, 그렇게 믿고 있던 치사토는 첫날에 뒤지지 않는 기세로 코요에게 잡아먹혔다. 사흘째도 그랬다.

하루 종일 일어나지도 못하고 음식도 목을 넘어가지 않는 데다, 이런 상황이 된 이유를 궁녀들에게 들켰다는 수치에 시달리던 이틀간이었다.

그 결과, 코요는 더 끈끈하게 붙어 있고 싶다고, 말로도 행동으로도 보여왔지만 치사토는 단호하게 화가 났다는 태도를 무너뜨리지 않았다. 시작부터 넘어갔다가는 이후에도 마찬가지 상황이 되면 먼저 굽혀야 하기 때문이다.

그런 와중에 치사토가 부탁한 것을 알고, 코요는 화해할 좋은 기회라고 생각했으리라. 실제로 부탁한 상대는 마츠카제지만 이렇게 빨리 수배가 된 것을 보면 틀림없이 그 남자가 얽혀 있다.

"그것을 어떻게 하시려고요?"

"응? 있잖아."

치사토는 옆에 놓여 있던 종이를 빙글빙글 작게 뭉쳐서 죽통의 구멍을 통해 안으로 집어넣었다.

"그것은 어제 쓰신?"

"그래, 편지."

종이와 붓을 준비해 달라고 해서 어제 부모님과 할머니, 그리고 이즈미 앞으로 편지를 써보았다. 자신의 심경을 문장으로 하기는 어려워서 낮부터 해가 질 때까지 아무것도 쓰지 못했지만, 자신이 무사하다는 것과 잘 지내고 있다는 것은 간신히 썼다.

—그리고 소중한 사람이 곁에 있다는 것도.

'절대 아키마사한테는 말 안 할 거지만!'

화가 나긴 했지만 지금 단계에 저쪽 세계로 가려는 생각은 안 한다. 아마 앞으로도 화낼 일은 잔뜩 있겠지만, 그래도 금빙 도망칠 생각은 없다.

그저 아무 말도 없이 온 것만은 후회하고 있기 때문에, 어떻게든 저쪽 세계로 연락이 되지 않을까 하고 이런 방법을 생각해 낸 것이다.

"……흠, 이거면 괜찮을까."

구멍과 딱 맞는 나뭇가지로 막고 죽통에 끈을 이어서 연못에 떨어뜨린다. 바닥에 닿아도 끈이 밖으로 나와 있기 때문에 통이 아직 여기에 있다는 것은 알 수 있었다.

'제대로 저쪽 세계에 전해지면 좋겠다.'

죽통이 사라질 때까지 몇 번이라도 끈을 당길 생각이다. 그것이 끊어지면 또 같은 것을 만든다.

포기는 절대 하지 않을 생각이다.

'나는 끈질긴걸.'

"치사토."

"!"

그러던 참에 얄미울 정도로 섹시한 목소리가 들렸다.

"폐하."

"물렀거라."

"예."

"마츠카제, 있어도 괜찮아."

"두 분이 오붓하게 보내시지요."

치사토의 편이라고 해도 역시 마츠카제의 주인은 코요라, 만류해도 그 모습은 시야에서 사라져 버렸다.

아직 싸움 중이라고 생각하기 때문에 이런 장소에서 둘만 남겨져도 곤란하다. 하지만 도망치는 것도 왠지 싫다고 생각하고, 치사토는 오기로 뒤돌아보지 않은 채 연못을 바라보고 있었다. 이윽고 그 연못에 코요의 모습이 비쳤다.

"……어?"

하지만 비친 것은 코요뿐만 아니다. 치사토는 그 팔에 안긴 갈색 물체를 보고 깜짝 놀라 돌아보았다.

"아키?!"

코요가 안고 있던 것은 아키…… 치사토가 기르던 고양이였다. 여전히 뚱뚱한 몸매와 눈매가 사나운 못생긴 얼굴을 잘못 볼 리가 없다.

"어떻게……."

"너를 만나러 온 것이 아니겠느냐?"

"……."

"자."

코요에게 재촉당해, 치사토는 일어서 손을 뻗어보았다. 아키는 킁킁 손의 냄새를 맡은 후 몸을 내밀었다. 당황해서 안자, 기억이 있는 묵직한 무게가 팔에 느껴져, 치사토는 무의식적으로 웃었다.

"변함없구나, 너."

냐~웅.

"……두고 가서 미안."

치사토가 무슨 말을 하는 지 알 리가 없는 아키는 오불관언의 자세로 품 안에서 몸을 둥글게 말았다. 그 모습이 귀여워서 점점 웃음이 새어나왔다.

"겨우 웃음을 보여주었구나."

그때에야 겨우 코요가 옆에 있었다는 것을 떠올렸만, 한 번 웃고서 다시 정색할 수는 없다. 원래 어린애처럼 화가 난 것은 자기 혼자지, 코요는 계속 태도를 바꾸지 않았다.

절대로 나쁜 짓을 했다는 것은 모를 거라고 생각했지만, 아무래도 치사토의 기분을 풀어주려고 조금쯤은 생각하는 구석도 있었던 것 같다.

"……아키 보고 웃은 거야."

그래도 솔직하지 못한 치사토는 일부러 아키에게 말을 걸었다.

"아키는 내가 싫어하는 일은 하지 않는걸."

"기분이 좋아지는 일도 못하지만 말이다."

"……치유되거든!"

"쾌락이 치사토를 더 기쁘게 하지 않느냐?"

"있잖아! 이런 대낮부터 나를 부끄럽게 하지 말아줄래?"

"부끄러운 일이냐?"

"……어휴."

역시 이 남자에게 상식은 통용되지 않는 것 같다. 화가 났던 자신이 바보처럼 느껴져서 치사토는 눈을 치켜뜨고 코요를 노려보았다.

"한동안 섹스는 안 할 거야!"

"……알겠다."

코요가 의외로 순순히 수긍하여, 치사토는 의심스러워하며 다짐을 한다.

"……정말?"

"허나 치사토가 원하면 나는 언제든지 응할 것이니라."

싱긋 입가에 웃음을 띠는 그 섹시함에 순간적으로 얼굴이 달아올랐다.

코요는 황급히 돌리려 한 치사토의 얼굴을 허리를 굽혀 들여다보았다.

"왜 그러느냐? 얼굴이 빨갛구나."

"시, 시끄러워!"

'절대로 내가 먼저 원하지 않을 거거든!'

여유로운 태도를 보이는 남자를 응징하려면 대체 얼마나 금욕 시간이 필요할까?

그것이 후일 자신을 괴롭히게 될 줄은 전혀 상상도 하지 못한 치사토는 생각하는 데 정신이 팔려, 어느덧 천천히 어깨를 두르는 발칙한 코요의 손에 무의식적으로 몸을 맡기고 있었다.

『이연(異戀)~그믐날의 새싹~』끝

작가 후기

　안녕하세요. chi-co입니다. 이번에는 『이연~그믐날의 새싹~』를 읽어주셔서 감사합니다.

　그리고 이 6권이 최종권이 되었습니다. 도중에 정말 제대로 끝까지 갈 수 있을까 스스로 의문도 품었지만, 간신히 여기까지 도달했습니다. 정말 오랫동안 함께해 주셔서 감사합니다.

　처음 이 이야기를 서적화하자는 이야기를 들었을 때, '저기, 한 권으로 끝나지 않는데요?' 라고 무심코 질문했습니다. 원래 사이트에 연재하고 있던 이야기이고, 그 시점에서 세 권 분량 정도의 비축분이 있었기 때문입니다.

도저히 한 권으로 이야기를 마무리할 수 없을 것 같아서 그렇게 말했습니다만, 담당 편집자 분이 통 크게도 제안해주시고 많은 분들이 읽어주셔서, 이렇게 여섯 권이나 되는 긴 이야기를 끝까지 쓸 수 있었습니다.

　이야기의 흐름도 처음부터 생각했던 것은 아니고, 막연하게 머릿속에 있던 정도라, 쓰는 사이에 이렇게 할까 하고 굳어지고, 마지막도 6권 원고의 중반을 지날 무렵에 겨우 결정되었습니다.

　수수께끼도 전부 회수할 수 있었나 하면 미묘할지도 모르지만(땀), 지금 이 시점에서는 이것이 저에게는 가장 느낌이 오는 엔딩입니다. 앞으로도 아마, 아니, 틀림없이 싸움이 많은 커플이겠지만 그래도 조금은 러브 요소도 나오겠죠. 그런 두 사람의 미래를 (알콩달콩 지내는 장면은 별로 쓰지 못했으니) 다른 기회가 있으면 쓰고 싶습니다.

　지어낸 헤이안 시대, 태클 걸 곳이 가득했으리라고 생각합니다만, 평소 생활하고 있는 것과는 완전히 다른 삶을 쓰는 것은 즐거웠습니다. 게다가 주인공 소년은 우물쭈물 소극적인 아이인지라, 어쩌면 싫어하는 타입이라고 말하는 분들도 많겠지만, 이야기가 진행됨에 따라 조금씩이지만 성장했다고 생각합니다(당사 비). 뭐, 아직 어리니 (그렇게나 섹스를 했지만) 너그러운 마음으로 봐주시기를 바랄 뿐입니다.

삽화는 아사히코 선생님. 이번 일로 처음 신세를 졌습니다만, 이 책을 이토록 오래 계속할 수 있었던 것도 일러스트의 영향력이 컸기 때문이라고 생각합니다.

머릿속에서는 희미했던 등장인물들이 아사히코 선생님 덕분에 명확한 인물이 되어 이야기를 진행하는 데도 대단히 힘이 되어주었습니다.

화려한 기모노도 요염한 치사토도 늠름하고 조금 밝히는 (웃음) 코요도 모두 정말 생생하게 움직여 줘서, 그것만으로도 글이 매우 화사해진 것처럼 느껴집니다.

5권 이후에 나온 현대 사양의 두 사람도 보기 드문지라 사실 마음속으로 얼마나 즐거워했던지요. 유키티 차림으로 활약하는 코요를 더 보고 싶다고 느꼈을 정도입니다.

후반에는 원고가 늦어져 큰 폐를 끼쳤음에도 불구하고 예정대로 발행할 수 있었던 것도, 아사히코 선생님 덕분입니다. 마지막 순간까지 성가시게 했지만, 정말 감사합니다.

또 기회가 있으면 꼭 일을 함께해 주셨으면 합니다.

일러스트에 관해서는 아사히코 선생님에게 불편을 끼쳤지만 원고의 진행 자체에 매우 참을성 있게 상대해 주신 담당 편집자님, 정말 감사합니다. 이야기를 끝까지 다 쓸 수 있었던 것도, 주위 분들의 힘이라고, 이번도 강하게 느꼈습

니다. 그저 쓰기만 해서는 이렇게 책이 되어 나오지 못하
죠.

그러고 보니 마지막 서브타이틀이 가장 고민되었습니
다. '새싹'(원제 '芽出し':싹이 트다)……. 다른 뜻으로 오해하
시지는 않을까 내심 전전긍긍하면서도 결국 이것밖에 없다
고 결정했습니다. 네, 후회는 없습니다(웃음).

『이연』 시리즈는 이번 6권으로 일단 완결을 맞이했습니
다.

여기에서 탈진하는 일 없이, 또 새로운 이야기로 여러분
을 만나기를 진심으로 바라고 있습니다.

마지막으로 한마디 더. 끝까지 함께해 주셔서 진심으로
감사합니다!

홈페이지:《your song》

http://chi-co.sakura.ne.jp/

chi-co

역자 후기

비록 중간에 바톤을 이어받기는 했지만 드디어 완결을 맞이했습니다.

생각지도 못한 비밀을 알게 되고 이즈미가 급성장하는 등, 볼거리가 풍성했던 6권, 재미있게 보셨는지요?

혹여나 후기부터 읽는 분이 계실지 모른다는 생각에 자세한 감상을 쓰지는 못하지만, 저는 코요가 시골집에 있던 때가 인상적이었습니다. 특히 두 사람의 대화를 보면서 코끝이 시큰하기까지……, 무슨 말인지 모르신다면 일단 이야기를 읽어주시기를 바랍니다.

두 사람의 사랑이 결실을 맺은 것은 물론 기쁘지만 그보다 더 소중한 것을 얻은 것 같은 기분입니다. 독자 여러분에게도 그런 느낌이 전달되었으면 좋겠네요.

　사랑의 소중함, 가족의 소중함을 다시 한 번 생각하며…… 인사드립니다.
　감사합니다.

인단비

TL 로맨스 원고 공모

한국 TL을 선도해 나가는
AIN-FIN 메르헨-엘르 노블에서
뜨겁고 은밀한 사랑 이야기를 찾습니다.

장르 : TL 로맨스(현대, 판타지, 시대물 무관)
분량 : 200자 원고지 기준 700매 내외

보내주실 곳 : ainandfin@naver.com

채택되신 작품은 계약 후 교정 작업을 거쳐 정식 출간됩니다!

많은 참여 부탁드립니다.

이연

삭(朔)의 만남

異
戀

"원래의 세계로 돌려보내지 않겠다.
너는 이제 나의 것이다."

〈그와 그들의 은밀한 눈 맞춤〉
엘르노블 첫 단행본 출간!

chi-co 글 | 아사히코 그림
윤슬 옮김

여름방학에 할머니 집을 방문한 코미야 치사토는 커다란 창고에서 화려한 골동품이 가득 담긴 궤를 발견한다. 그 빼어난 아름다움에 매료된 치사토는 달콤하게 피어오르는 향기를 맡고, 갑자기 눈앞의 광경이 흔들리면서 궤 속으로 고꾸라지고 만다.
정신을 차려보니 헤이안 시대와 비슷한 옷을 입은 사람들이 북적거리는 곳. 게다가 치사토에게 아내가 되라고 강요하는, 오만한 천황이라는 존재가 나타나는데……?!

〈그와 그들의 은밀한 눈 맞춤〉엘르노블

상사와 연애

남계 대가족 이야기

휴가 유키 글
미즈카네 료 그림
강지우 옮김

"히짱, 히짱, 밥—"

일곱 명의 형제 중 장남, 히토시의 아침은 우유 향기로 시작된다.

한 살이 조금 넘은 막냇동생 나나오에게 깨워져, 다섯 명의 동생을 배웅
하는 대분투의 나날. ?그런 사정도 있어서 회사에 도착하면 오히려 한숨
놓는 히토시지만, 어느 날, 수완가인 부장과의 업무에서 무심코 실수를
저질러 버린다. ?난처한 상황에 처한 히토시는 만회를 위해 부장의 조카를
을 맡기로 하는데—?!

〈그와 그들의 은밀한 눈 맞춤〉 엘르노블

이연

섬(織)의 제회(際會)

chi-co 글 ㅣ 아사히코 그림
윤슬 옮김

할머니 집 창고에서 헤이안 시대와 매우 흡사한 세계로 떨어진 치사토.
놀란 치사토 앞에 나타난 천황은 상상조차 못할 만큼 난폭하고 심술궂은
남자로, 싫어하는 치사토를 강제로 안아 아내로 만들고 만다. 아직 천황
에게 마음을 허락하지 않은 치사토는 저항을 거듭하며 어떻게든 원래 세
계로 돌아가려고 애쓰지만─?! 천황의 마음은 날이 갈수록 커져만 가고
치사토의 반발은 더욱 거세지는데……
화려한 헤이안 술래잡기 제2탄!!

<그와 그들의 은밀한 눈 맞춤> 엘르노블

chi-co 글 — 미즈카네 료 그림 — 김산우 옮김

한 걸음 앞으로

결벽증 졸업

시라이시 하루카는 어릴 때의 트라우마 때문에 중증 결벽증. 겨우 대학교 도서관에 취직하게 되었지만 사람이 많은 곳에는 갈 수 없어 버스를 타지 못하고 매일 두 시간 이상 걸어 통근하고 있었다. 그런 나날 중 대학생인 유우키가 매일 아침 함께하게 되었다. 인기인인 그가 자신에게 신경을 써주는 것이 신기할 뿐인 하루카였지만, 끊임없이 자신에게 다가와 주는 유우키에게 어느샌가 마음을 열게 되고, 그와의 키스도, 그다음도 경험 하고 싶어져…….

〈그와 그들의 은밀한 눈 맞춤〉 엘르노블